暮しの向付

本書は「私の『風と共に去りぬ』」（南窓社）に収録された
「食生活」連載の「味感」、「鎌倉市民」連載分に加え、
「ミセス」（文化出版局）掲載のものを構成して一巻としました。

辰巳浜子　著
辰巳芳子　編

辰巳家の春の庭

夕焼けの刻

いま、母を想う

辰巳芳子

人は各人、顔が異なるように、独自の命題を魂に宿し、自覚するかせぬかは別として、自身の「塔」を建てて終えるように思う。

母は母校・香蘭女学校（キリスト教聖公会系）の教えにより、まことの愛によく目覚めさせていただいたと思う。

「誰も　其の友の為に　生命を棄つるより　大いなる愛を有する者はあらず」

(ヨハネ福音十五ノ十三) この聖句を解説なさった長谷川先生のお姿を、しばしば偲びつつ、この言葉を口にしていたことから察せられる。そして番茶ひとついれるにも、沢庵一切れ切るにも、気なしにせぬことを、自分自身に課していったのではないかと思う。

そう言えるのは、「貴女はまごころのこめ方を知らない」と十五、六歳の私の掃除を一言にして評した忘れ得ぬ思い出の故である。母三十六歳頃。二度掃き二度拭きで仕上げた掃除にもかかわらず、蚊帳のつり手をはずし忘れた、目配せ不足への指摘であった。まごころが無い、まごころが足らないではなく、まごころの「こめ方を知らない」と、まごころと方法の関わりを示したのだ。

七十年前に言われたが、繰返し言われた覚えはない。それをいまだ忘れ得ぬのは、母が自分自身に課していた課題ゆえに、総身から突出した言葉だったからではないだろうか。

思うに「汝ら心を尽し　意を尽し　力を尽して、神を愛せよ」の「力を尽し」の範疇に「こめ方」は類するように思う。

火は焚きものが無ければ尽きる。茶の湯の炭点前は、火保ち・火加減・着火を、賢く美しく組み合わせる。

愛、即ちまごころもこれに相似している。母は愛の火力を絶やさず、相手と時と場合により火の質も量もえらび、手加減する術を心得ていた。その勘に弾力性があった。

勘は持ち前という見方に大かたは傾いているが、勘はたゆまぬ自己鍛錬。特に他者に役立つ勘、即ちひらめきは、「智」の集積が欠落すると、単なる思いつきに堕し、迷惑を振りまく。

母の場合、それをたどる手がかりは、予想以上の記録好きであったことだ。記録は、見聞を自然に整理する。それが時間と経験によって無理なく検証され、記憶にすり込まれ、必要に応じてとり出せたということであろうか。

大正十三年、母二十歳からの家政改善ノートに始まり、太平洋戦争後は大学ノートに、毎年一、二冊分程は書いている。人に対して、もの事に対して、ものに対して、世の動きに対して。ノートは母をあと押しした。

この、書く、書きとめる、スクラップする――その内容が直接に影響したのは、日々の家政管理、つまり一家の経済問題、健康管理、教育、人間関係の維持発展。それで終いには「主婦は最高の管理職」と言って憚らなかった。

その「憚らずともよい」ところを一例だけ申し上げてみようと思う。

冒頭の写真でご覧になる、鍋中に円くおさまっているのは、戦時中、昭和十五年頃から一日おきに焼いていた我が家のパンデカンパーニュ。母三十六歳頃。食卓に、おやつに、弁当に。特に空襲時、これ一個が防空壕にあるのとないのと、まことに生死を分つほどの頼り甲斐であった。

材料は、自家製の小麦を馬糧屋で挽いてもらった、ごく粗い全粒粉、塩、サラダ油、ふくらし粉、水。天火はなく、アルマイト合金の、直径二十センチ、厚さ七ミリほどの両手鍋。鍋蓋は、ふくらみのある重厚なもの。

この鍋は、私が十歳頃「今日は清水舞台から飛び降りてしまった」と言って買ってきたもの。厚手であるのに重すぎず、職人技の合金の練り方ゆえに、銅に準ずる火のまわり。玉子焼はむろん、ローストチキン、煮サラダ、トマト焼き、ホットケーキ。命の綱のような鍋であった。鍋を使いこなしていた手応えから「うん、あの鍋でならパンが焼ける」と計算がたったのであろう。パンデカンパーニュというものを一目も見聞したことがないにもかかわらず、一度の失敗もせず、焼けて当たり前の如く、カンパーニュは生まれた。外国帰りの方に「こんなに美味しいパン、日本に帰って初めて」と褒められたこともある。

当時、自家製の小麦を同じ馬糧屋で粉にしてもらった人達は、すいとん、茹でればお蚕さんの形にちぎれてしまう煮込みうどんにして食べておられた。それはつらい食べものであった。すいとんも、お蚕うどんも弁当には当然ならず、空襲ともなれば火は焚けず、為すすべがなかった、心理的にも息詰まった。パンデカンパーニュとは、天地の差であった。

石ころだらけの耕地を耕し、小麦二俵百二十キロ、さつまいも、そばを一つ耕地を用いて交互に作り、家の食糧はつねに余裕があった。戦後母は鍋を手にして「これでパンを焼いたものね」など、一言も言わなかった。同じく石臼を挽いた労苦にもふれなかった。何故だろう。

亡くなる二、三日前、「ああ、私は身体を使い切った」と言い、続けて「これからの私の務めは、お父様が死をおそれないようにしてあげること」と言った。私はこの言葉の前で、今も身動きが出来なくなる。

想えば想うほど、命題を全うした母が見えてくる。

目次

あけび

春

蕗のとう

今年は雨無し冬で草木は土の下でさぞ春の準備に苦労している事でしょう。もうそろそろいいかなあと首をもたげて芽を出してみたものの、カラカラ土におどろいて、今更引き込みもならず苞の中からのぞかせた新芽の先がいたましく縮れ上ってかわいそうです。

雪割草も福寿草も蕗のとうも……日だまりの草むらの中の蕗のとうは去年の暮からお正月にかけて重宝に食べてしまったので、露地の蕗のとうが待たれるこの頃です。

採りたてならば真青に茹で上るのに、半日経つと芯が黒くなる悩みは御経験ずみと存じます。それ故青さが食べたければ一刻をあらそって茹でることをおすすめいたします。

十個も摘み取ったら外側の堅い苞を取りのぞいて、丸のままを重曹を少々加えた熱湯で茹でます。一寸《ちょっと》茹で過ぎるとベタベタに柔らかくなり、茹でがたりないと、中の芯が黒ずみますから、程よく茹でる工夫をおさおさおこたらないように……洗う、皮をむく、切る、茹でる、さらす、料理以前の一番やさしそうに見える事どもが、本当はむずかしいので、この辺のところで失敗すると取り返しがつかないはずなのに、存外なげやりにされているようです。物のあつかい方の粗雑、乱暴さに驚かされる事が度々なのはどうした事でしょう。味付けの分量ばかりに気をとらわれすぎるからなのでしょうか？　味付けに至るまでの段階に、注意をしなければならぬ事だらけなのに……。

さて色よく茹でた蕗のとうは水につけて、二、三回水を取りかえてさらし、軽く水気をしぼって、水と味醂を同量の割合にまぜ合わせ少量の塩で味をととのえ、その汁で煮ふくめます。柔らかそうな薄緑の蕗のとうが見た目の割にしゃんとして、苦味をふくんで性根たしかな味はちょっと乙です。ささやかな春の野の味と申しましょうか？　年寄の味でしょう？

出盛りの根三つ葉は脳の神経を静める成分を持った野菜とか、最近耳よりな事を聞きました。不安定な春先の気候についうかうかと、浮かれ狸が迷わぬためにせっせと三つ葉を食べましょう。おひたし、玉子とじ、サラダ等にして脳の神経を休めてやりましょう。

（昭和四十五年三月）

春の若菜

春立ち帰る鎌倉の山々の立木は、裸の枝をそそり立てながらも萌えいずる力を動かし始めてか、かすかながら色づきが感じられます。

早春の陽ざしにさそわれて、鎌倉らしさの残されている道を右に折れたり、左に曲がったり、あの横の垣根越しの紅梅はふくらみ始めたかしら？　あの曲がり角の土手には水仙がたむろして咲いていたはずだがと、道の小溝のふち、小草の芽出しにまで気をまわさずにいられぬ頃とはなりました。

去年十二月入って間もなく、日本水仙の芽出しを見て、「おや今年の水仙少し調子が変だ」お正月に間に合いそうにないと感じましたが、案の定、年を越してもまだつぼみは低くて堅く、冬至梅のつぼみもふくらんで来ませんでした。

気が付いて見ると十一月頃から黄色い花を付けるはずのたんぽぽも、まだ堅く地面に吸いついたようにかじかんでいます。この冬はきっと寒さがきびしいにちがいないと思っていました。

やはり例年より春の若菜がおそいようです。

「君がため春の野にいでて若菜つむわがころもでに雪はふりつつ」この歌の若菜とは、なんの若菜だったのでしょう。わが衣手に雪は降りつつとありますから、旧暦の正月のための七草ではなかったのでしょうか？

せり、なずな、ごぎょう、はこべら、ほとけのざ、すずな、すずしろ、七草粥に使う菜としか考えていないとしたら、もったいないと思います。

せりはヒルが卵を産みつける頃までは食べてよいとされています。

ひたし物、和え物、鍋物、お吸物にとさまざま使いますが、殊に鴨との羹《あつもの》が最高ではないかと思います。

なずなは長じるとペンペン草といいますが、秋のなかば頃から芽をだしています。若い芽出しの頃から冬の間までのなずなを根のまま引き抜いてきれいにきれいに掃除して、生のままサラダにして食べてみてください。その美しさと味の素晴らしさは、言うに増さるものと言えましょう。

母子草（ごぎょう）、はこべらは八百屋のほうれん草、小松菜、春菊との合いまぜのおひたしにすれば、これまた複雑な味がたのしめます。すずな、すずしろは、大根とかぶですから申すにおよばぬ事でしょう。

三月ともなれば、嫁菜、たんぽぽ、よもぎ、甘草、のびるが芽をのばし、つくしも堅いつぼみをのぞかせ始めます。

嫁菜と切り干のごま和え、嫁菜めし等、春の匂いと風情の喜びではないでしょうか？ほろ苦みをふくんだたんぽぽと、山三つ葉の合いまぜ、いちばん刈りの新わかめと浅葱と青柳の酢味噌和えに、甘草の若い芽を天盛りにあしらったならば、それは春の味覚の芸術品と言ってもよいでしょう。のびるの玉を五つほど、田舎味噌を添えてのつき出しは、春宵の一刻を価千金の前奏曲となるやもしれません。食べるたのしみが、足元にころがっている草とは、なんとたのしい事ではありませんか。

（四十一年三月）

菜の花

春の和え物

味覚の好みは季の移り変わりにつれて、たえず変化をするものと思っています。目に見えぬように春のおとずれがしのびより、春一番の風が吹くと足早く肌に春を感じるように、五月の風がさわやかに吹き渡り卯の花が咲くころ、それは五月雨の前ぶれで人々の食味は何かすずやかにのどを通るようなものをと、自然に要求されてゆくのです。

このあたりまえな事、それが毎日の食膳にのせられるたのしみ、そんな物が盛り込まれるものが和え物、小鉢物、つき出しの大きな役目であると思うのです。

魚、野菜の旬ははっきりしています。ふぐ、たら、ぶり、白魚、さわら、鰹、すずき等、けれども、刺身、焼く、煮る、揚げるよりほか仕方ありません。主菜はつまり正服なのです。背広にワイシャツ、ネクタイにたとえて見ると、マフラーを毛から絹へ、下着をくつ下を季に応じて変えて行く、こんな役目を食卓の上ではたすのが小鉢物と私は考えているからです。

冬の間はごま和えひとつにもこくのあるよう、つまり、ごまは油の出るまで充分にすらなくてはなりません。白和えもこってりと甘く、これも冬のものでしょう。

春たつにつれ、ごまは荒ずりに、または切りごまに変えて行き、白和えの衣も白酢和えと変えるのです。

春たけなわになれば、ごま味噌はからし味噌に、ごま和えはからし和えに、白酢和えは夏みかんの汁をしぼり入れた三杯酢と変わってゆきます。こうしたおもしろさに、一箸取り上げた瞬間、ほのぼのとした季を感じる喜びが日本料理には演出が出来るのです。

年を経て更にこのこまやかさを、何気なくさらりと小鉢の中に盛り込む醍醐味に離れがたい愛着を感じて、春の七草、山菜のあれこれを畑の隅、庭の囲い、土手の全面に、南側、半日蔭、湿地等、植物園へ日参し丹誠して、これが今の私の宝の山という次第です。


（四十五年三月）

春の海から

鎌倉に住むうれしさのひとつは春が早く来ることで、身に沁むような寒い日は、寒の内にせいぜい十日余りもあるでしょうか？

二月の声を聞く頃は、もう早春の気配はどこにもただよい始めています。水ぬるむ海では、初わかめが刈り取られ、「今日は、一番刈りのわかめが入りました」と魚屋から知らせがあるのもうれしい便りです。取りたての水々しいわかめが、どさっと、流し元に置かれ、そばから水を流されてかごに移され、水切りを待つ間に、大鍋が火にかけられて、たっぷりの湯が勢いよくたぎる、一本ずつ手でつかんで鍋に入れられる、瞬間、わかめはサッと真青に変わる、間髪を入れず箸ですくい上げられる、湯のたぎりを見つめて次の一本が入れられる、又すくい上げる、この間の心のはずみの心地のよさ、春の海の味を肌身で感じ取る、この瞬間を一年に一度味わえる幸せも、鎌倉住いならばこそと、その度毎に心新たに季の喜びと、感謝にひたるのは台所冥利とも言いましょうか。

緑色のわかめをほど良く包丁してわかめの酢の物に仕上げるために深目の小鉢に盛り込みましょう。

これにかける、かけ酢の調味がきめ手です、淡白なものほど酢に敏感だからです。酸っぱい三杯酢をかけられてはあたら新わかめの元も子もありません。うっすらと、柔らかい酸味のかけ酢こそ、わかめの身上が発揮せられます。それには天つゆ――出汁（鰹節）カップ一杯、味醂カップ四分の一、醤油カップ四分の一、化学調味料――に約三割程の酢を加えればよいのです。

但し、出来得るならば酢は醸造酢を使っていただきたいものです。醸造酢と、化学酢では大きな開きがあるからです。

見た目の美しさのために真白なうどをマッチ棒の太さ（歯ごたえのため）に切ってパラリとちらすか、または針生姜を少々添えるのを忘れぬように願いたいものです。

（四十二年三月）

〝しゅん〟〝季節はずれ〟魚、野菜、果物、お花、これら自然を命とするものが入り乱れて、〝季〟の感覚が混乱している現代を是か非か、と論じるのではありませんが、季の移り変わりに敏感な私ども日本人は、「冬来りなば春遠からじ」と水の流れ、空行く雲、雪の下萌えにさえ春の喜びを感じ取るのです。

「わがころもでに雪はふりつつ」と若菜摘む里人の手かごの中は蕗のとうが入っていたのでしょうか。嫁菜か、せりだったのでしょうか。

〝しゅん〟とは十日を意味する旬という言葉から来たものだと言われますが、その十日間位の短い間にそれぞれのものの充実した生命力を読み取り、とらまえて、海の幸、山の幸の恵みを味わった昔の人は自然を愛した人だったに違いありません。四面、海に囲まれ、変化に富んだ四季のなせるわざではあっても、自然を愛する美しい心の持主でなければ千差万別の〝しゅん〟を発見でき得なかったと思うからです。日本の家庭料理から、この〝しゅん〟を失うようなことがあれば、それはもう日本の食べ物ではなくなってしまうでしょう。

Rのつく月は貝類はいつでも食べてよいものとされていますが、寒の内は魚介類、肉類(鴨、鶉、つぐみ、すずめ)が殊においしい時節で、貝の旬は寒い時と言ってよいでしょう。カキは貝類の万能選手であることは皆様もご承知のはず。赤貝、平貝、みる貝、青柳、鳥貝、さざえ、はまぐり、あさり、しじみ、おなじみ深いものばかりです。

赤貝の香りは酢の物もさることながら、にぎりずしによって最高に発揮されましょう。ヒモも赤貝が一番おいしいのですが、わたをちょっと湯引いたものは、なかなかに乙なものです。平貝の透き通るような大きい柱は柔らかく、刺身や酢の物にまことに好ましく、照焼や揚げ物にも喜ばれます。みる貝は昨今養殖が盛んになったのでたやすく手に入るようになりましたが、昔は料理屋向きの貴重な貝でした。貝は姿がまことにグロテスクですが、一皮むくと牛乳色の美しい柔らかい肉は刺身、酢の物、酢味噌和えにたいそうよろしく、すし種にもっともよく使われる貝です。青柳は赤貝につぐ色の美しい貝です。昔は馬鹿貝といいました。貝柱はこの青柳の柱で小柱、青柳として別々に売られています。お雛祭りの向付に、わけぎとわかめがあしらわれた酢味噌和えなど、まことに女らしいお酢の物に使われます。

これら貝にあしらわれるツマは、大根、にんじん、うど、きゅうり、浅葱、菊等をその折々に彩りよく付け合わせ、柚子、橙、レモンのしぼり汁を、合わせ酢、またはかけ酢として用いるといっそう味が引き立ちます。はまぐりの潮仕立て、蒸しはまぐりは申すに及ばず、むき身と小松菜のからし和え等はお惣菜用として母の味に通じるもののひとつでしょう。むき身の炒り豆腐、卯の花炒り、どれもこれも捨てがたい味わいのものです。

「寒しじみの赤出し、白菜のお香の物」

ご馳走のあとの一椀は御飯の締めくくりの味ではないでしょうか。貝類はリンとカルシウムをたくさん含んでいるので、頭の栄養のためにぜひ食べなければならないものだそうです。目のきれいな赤ちゃんを産みたかったら貝を食べるという言葉があります。目は脳の突出した部分なので、目の美しい輝きに深い関連があるはずです。じょうずに寒の内の貝を食べようではありませんか。

（四十一年四月）

さざえ

花盛り

寒波におびやかされた予報とは裏腹に、二月から三月の上旬にかけて割合暖かく、雪らしい雪が一回も降りませんでした。三月中旬から春への進行が止まったために、春の花木は戸惑いの形で七日間から十日間位開花の延び縮みが目立ち、その中にあって紅葉の芽吹きだけが平年並であったのが不思議に思えます。

辛夷《こぶし》、はたんきょうの花盛りに桜が三分咲きの記憶は今までに無い事でした。桜の花と紅葉の新芽がこき交ざる山の斜面は、辛夷の真白い大輪の花弁が風に吹かれてパラパラと散る様は、思い出の一こまとなるであろうほどの、この春の美しさでした。ふと目を他に移すと、咲き残りの椿のしげみはムクにしべを突きさされてか、根元にむらがり落ちる真赤な花のかたまりも哀れ。八重桃の枝にも未だ散りやらぬ色あせた花がしがみ着いているかと見れば、その側には鈴生りに可愛い蕾をぶら下げた海棠《かいどう》が、今にもほころびそうな風情で雪柳の波と語り合っているかのようです。まことに一度に春がやって来た感じで、未だ知らぬ北国の春とはこのようなありさまではないかと思うのです。

例年花見時のわが家は、菜飯に田楽、木の芽和え、筍と蕗の煮合わせ、鰊の西京煮、草だんご、葛もち等々、手作りのおべんとう付きで連日花見客が大入満員で、山の中程の腰かけの緋毛氈には人影が動き、炉ばたは終日もえて湯がたぎり続け、私は庭と山と台所とお客様の間を駆けずり回るだけで精一杯で、花などゆっくり見ていなかった事に今年気が付いたとは？

三月下旬の寒さに七年振りの風邪を引き、ぐずぐずと一向にさっぱりせず、水仕事を始めるとまたすぐぶり返すありさまで、本年はお花見のお客様にお声をかけぬ決心をしてしまいました。そのため、窓越しに朝夕庭の様子をあかず眺めて、春の移り行く様を心ゆくまで見る事が出来たわけで、わが家のお花見を初めてしたわけであります。

（四十六年四月）

雛祭りの料理

桃の節句。お雛様への御馳走は貝づくし、ちらしずし、雛あられに桜もちと相場がきまっていましたが、菱もちが、洋風のスポンジ台の菱もちになっては、ご馳走のほうも洋風にしなければ調和がとれない事になりました。

考えてみれば、さざえの壺焼、はまぐりの吸物、貝柱のぬた等々、子供向きとしては消化が良いとはいえません。

残念な事に、女の孫に恵まれない故に、幼児向きお雛様料理を作らずじまいで、相も変わらずおとな向け雛祭りを続けているわけです。

折ある事に作るちらしずしであるのに、お節句のおちらしは、何となく若やいでうれしいものです。

五目ならぬ八目ずしとでも言いたいほどきれいに盛り付けられた錦糸玉子に箸をつける時、今年もお雛様を飾られてと、過ぎ越し日をかえり見て、感謝せずにいられません。

おちらしのそぼろに、最近新しいことを工夫したので、ちょっと御披露いたしましょう。七、八年前までは鮭罐をそぼろにしていました。ピンク色の美しいそぼろができて、皆様にも喜んでいただいたのですが、白身の魚でそぼろをしてみてもあまりはえないので、何か良い工夫はないものかと考えていたのですが、最近、かにの罐詰で作ることを思いつきました。使い残りをそのままにしておかなくてもと、味醂と塩を入れて炒め煮にしてみましたら、煮るほどに全体が薄紅色になり、さらりとしたでんぶ風に仕上りました。

これを早速おちらしに利用してみましたら、上等この上なしでした。思わぬ残り物整理のもうけものと、もっぱらかにそぼろを作って、鮭そぼろの空白を埋めているわけです。ヒョンなことからの思いつきでしたが……。

なお、ちらしずしの御飯は、こわく（かたく）ないほうが食べやすく、合わせ酢も、お米の一割程度が良いようです。

（四十三年三月）

折詰べんとう

六年前の春、上級生の手にかざされた花のトンネルをくぐった一年坊主の孫の入学式、あの日のあの感激がまだ忘れられずに思い出されるのに、その日の一年坊主が今日は卒業式を迎えることになりました。

若竹のようにすくすく大きくなって、何かしてやろうにも遠く手が届かないほどに成長いたしました。

校長先生はじめ諸先生方、雨の日も、風の日も、子供たちの交通整理をして下さった街の小父様たち、仲良しの大勢のお友達、なんとお礼を申したらよいのでしょう。

そんな感謝を思っていたある日、謝恩会当日のお祝いのおべんとうについてお母様たちが頭を悩ましていられることを聞き、このおべんとう作りを私の感謝に代えられたらと思いつき、合わせて孫への心祝いにもなればと作らせていただこうと思いました。

第一は予算に合わせる事、質も良く量もたっぷり、衛生的である事。おとなにも子供にもむくもの等々……。

お母さんたちに御相談して、これならばよかろうと決った献立は左のようなものでした。

主食はお赤飯、きざみするめ、玉子焼。ごぼう、にんじん、蓮根、こんにゃく、鳥そぼろのお煮〆。かまぼこ、お多福豆、サラダにハム、ソーセージ、芝えびフライに奈良漬、折詰の上包みのお祝の文字をお祖父ちゃんに書いてもらう事にしました。

おべんとう作りの前日から台所はきざみするめを炒る匂いや玉子焼やお煮〆の匂いでいっぱいでした。

当日は早朝から、詰める、上紙をかける、箸とお手ふきを組み合わせる、上包みをしてゴムテープをかける。流れ作業は大勢の協力者のお蔭で見ている内にはかどり、三百個のおべんとうを時間までに学校にお届けしてやれやれ、残りもので一服しながらお祖母さんのする事があってよかったと思いました。

お手伝い下さった皆様厚く御礼申し上げます。


（四十五年四月）

アンディーブ

見渡す鎌倉の山々の木々も一度に芽をふき出したのか色が変わりました。

例年より春が早く雪も霜も少なかったせいで、レモンの木や浜ゆうも冬のいたみがなくて春を迎えられてうれしくてたまりません。

昨年秋、フランス土産にアンディーブの種をいただきました。さっそく播いたところ、レタスより細い幅の青葉が房々生えて、生食には少し個性が過ぎて家族の者一同から余り喜ばれずにいました。みごとな成育ぶりなので、そのまま畑で越年させました。

三月の下旬、畑仕事のついでにアンディーブ、アンディーブとやかましい野菜もこの位ものだったのか、畑の場所ふさぎになるからもう思いきって引っこ抜こうと……手をかけたとたん、その姿に驚きました。

なんと説明したらいいのでしょうか、丁度、バナナをさかさまにしたような巻葉できりりとしたもので十二、三株一固まりになって珍しい姿に変わっていました。株分けが出来そうなので、白根を付けて植えなおし、白根の付かないものだけを持って台所に入り「こんな珍しい巻葉が出来たわよ、おいしそうじゃあない」「あら！　これこれ！　これがアンディーブよ、どうしてこれがあるの」「昨年播いて、サラダにしても強過ぎるといって不評だったでしょう！越冬させて、いよいよ引っこ抜こうとしたら菜っぱがバナナのようになっていたので、珍しいと思って持って来たのよ。親株は全部そのままにしておきましたよ」「うれしいわ、アンディーブが家の畑で出来るなんて！　サラダにしてさっそく食べましょう」

フレンチドレッシングで食べました。素晴らしいサラダでした。これを、バターと交互に重ねて、粉チーズをかけて、蒸し焼にするとおいしいとか、早速いろいろしらべておいしくして食べましょうと、台所は新しい野菜で当分、茹でたり、蒸したりでたのしいことが続くことでしょう。

（四十七年五月）

田楽

弥生の春は見渡す限りと、歌の文句のとおり、その昔、横須賀線沿いの春はまことにうららかで霞がたなびき、菜の花、れんげ草、蝶々、ひばりの田園風景がつづき、戸塚すぎれば柏尾川の堤の桜の並木は延々と大船までつづいて、列車の窓は見あきない春ながを追いかけるのでした。

上も下も春がいっぱいで、ぶらぶら歩きも、自転車にぶつからないように用心さえすれば、いとものんびりと口を開いてさえいられた時代で、ついこの間までそのようだったと覚えるのですが、昨今は桜に見とれて上を向いていようものなら命の方が先に散ってしまいそうです。鎌倉市内の春の雑踏をよそに、浄明寺のバス停から山門の下までの直線の路は、花のトンネルでここばかりは未だ上を向いて歩く事が可能です。この路を通る度にほっとします。数少ない桜並木の道としてこのままそっとして置いてもらいたいものと願わずにはいられません。

石段を登り山門をくぐると草ぶきの本堂との間に広場があります。その広場の片隅に緋毛氈の腰かけ床几のお休みどころでも作って、花にもよし、また団子もよしと、茶めしに、田楽、草だんご等、茶釜から渋茶などくんでもらえば、旬のひとつも出ようというもの。

「焼き立てのあつあつの木の芽田楽は白味噌と赤味噌で仕立て、ときからしと、七味をふりかけて、茶めしは、嫁菜、くこ、うこぎ等で……ひねたくわんに、田舎味噌漬の大根の薄切りなどいかがでしょうか？」

お寺の近くには、いいお豆腐屋さんがあるものとか、浄明寺のすぐ下にもいいお豆腐屋さんがあるのです。焼豆腐は今もなお、木炭で焼いておりますし、ここのお婆さんの揚げる油揚は、ふわふわと厚味があって柔らかく、ふっくりしているのが特長です。殊にいなりずし用の油揚など一枚として袋にならぬものがない程ひろげ良い油揚です。

（四十四年四月）

筍

昨年まで住んでいた雪ノ下の庭の竹やぶは、お恥しいほど貧弱な竹林で栄養不良で、肥やしをやっても堆肥を積んでも、芽を出す筍は、中国の物語にある二十四孝雪中の筍は、こんなものだろうかと思われるような小さなものばかりでした。

十余年前に、ものはためしと軽い気持でした事が、こんなに長く私の気持を曇らせようとは考えてもいなかったのです。

その頃、庭の造り変えのため、芝生やバラの花壇に筍が出て来ては困るので、孟宗竹を一隅に集めて周囲を一メートル深さのコンクリートで区切をつけたのです。竹は限られた区域内で元気に成長していたのですが、竹のはびこりを防ぐには昆布が一番よく効くと聞き、ものはためしと、ちょうど入梅のしめりで昆布に黴が生えたのがたくさんあったので、それを埋めてみたのです。それから竹の成長が悪くなりました。元気にのびてはいるのですけれど、貧弱な筍しか生えないのです。筍が貧弱なら一人前の竹になっても貧弱で細いわけです。しかもたくさんまとめて昆布を埋めた場所は、十年経っても、筍は一本も芽を出しません。これほどの結果になろうとは知らなかったとはいえ、私は竹に対してたいへん申し訳ない事をしたと心が痛むのです。土を全部入れ変えてやればいいのでしょうか？　昆布と竹についてまだ未解決のままでいます。貧弱ながらも、時を忘れずたくさん芽を出す筍を私は〝二十四孝の雪中の筍〟と名づけては、毎年、若竹汁にして食べさせていただいていました。

冬になるとその竹やぶに小鳥のえさをたくさん播きます。雀が数十羽来てはえさをついばみますが、物音に驚いて一度にパッと竹やぶに飛び上ります。枝の先がゆれて、竹の葉が細かく動きますが雀の姿は全く見えません。「竹に雀」とはこうした事をいうのかと、昔の人の言葉をしみじみ考えずにいられませんでした。

事のついでに隣の竹を道を越してまでも呼び寄せるには、馬の蹄を呼びたい場所に埋めると良いと聞きました。けれど、これはまだためしておりません。

（四十一年四月）

若竹汁

当地・鎌倉に移り住んで間もない春の朝、掘りたての筍にお目にかかろうとは。雪ノ下の大御堂谷《やつ》のF家には山裾から山の根にかけてみごとな竹やぶがあります。

わが家の丸窓から、朝な夕な竹のそよぎの美しさを眺めては、英勝寺の真竹を、瑞泉寺の孟宗を……。思いはさらに遠く嵯峨野の竹やぶにまではせるのでした。その竹やぶの筍をF夫人が下げて来られたのです。掘りたての筍の根元は真白く露をふくみ、思わず、「まあ！　みごとな」と、生まれて初めて筍を見るような錯覚を覚えた程の感激でした。もちろん、味は上々の上。こんなみごとな筍が育つとは知らず、芝生やバラの花園にニョッキリ芽を出されてはと、目隠しと、風よけを兼ねて庭の片隅におし込み、しかも一メートルの深さのコンクリート防壁を埋め、その上、竹の根のはびこるのを防ぐには昆布が妙と聞き知っていたので、引っ越しの折の不手際で山ほどの昆布をかびさせたのを、この時とばかり御丁寧にも埋め込んだのです。「馬鹿は死ななきゃあ直らない」くやし涙で臍《ほぞ》を噛んでも後の祭り。そんなに念入りに虐待されたのにかかわらず、竹たちは毎年ぽっこり地割れしては土の下から芽を出してくれるのです。二十四孝の寒中の筍はさもありなんという貧弱さ、申し訳ないやら、うれしいやら、四角い豆腐も切りようで丸い、物も使いようで角が立つのたとえ。皮付きの丸のまま柔らかく茹で、絹皮の一枚をもいとしく、薄く薄く包丁して、飛び切り上等の清汁の出汁を取り、鎌倉の浜の新わかめを合わせて、若竹汁に仕立てるのです、庭の木の芽は未だ充分に芽を延ばし切れず、深い緑のつぼみのような一茎を一片浮かせて……。人は住む場所の四里四方の食物を糧とするこそ自然の理にかなうとか、鎌倉産の若竹汁を、ためつすがめつ、手に受けて、口に運ぶ。この幸せに逢い合う喜びを……。鎌倉の自然に感謝せずにはいられないではありませんか。

（四十二年四月）

えびね

初夏

山をひとつ越した海、相模湾の沿岸につづく島陰には、青葉潮にのって鰹の群が泳いで来る頃なのです。

「今朝鎌倉をいでにけん初鰹」どてらを質草にしてまで、いやいや女房を質に入れ、とも聞いたようです。初鰹を食べようとした江戸っ子の気性と、ぴぃーんとそっくり返ってはち切れそうな鰹の生きのよさが一脈相通じたからかも知れません。そんな江戸っ子が未だ生きていた当時は、川崎、大森、品川にかけて、穴子、かれい、こち、しゃこ、かに、芝えびなど、つまり江戸前の磯物を腹いっぱい食べてもさして財布の重荷にならず、いい時代があったのです。「昔を今に返すよすがもなし」とかの繰り言は年寄のぐち、今は今なりの暮し方の中に長い経験の知恵を加味して、今の世代をより良く高いものに生かす工夫こそ、年の功、亀の甲と申せるのでしょう。

さてさて、青葉潮にのって来た鰹さんに魚屋で出合ったなら迷う事なく、出来得るならば、中骨に薄く肉をつけてもらって三枚に下ろしてもらいましょう。中おちのお煮付け、あの曲った骨に抱かれた血合いを、せせくり出してしゃぶりつくうまさは、少しばかり肉が付いていた方がおいしいのが当然ですから。

次に鰹の皮目の焼目について……ワラ火の焰でというのがおきまり文句ですが、米袋が紙になった現在、その上、都会の密集地でワラ火を燃やすのは火の元の危険に繫がりましょう。それ故ガス火の最高の焰で焼く事にしましょう。電気では無理です。焼目の厚さはせいぜい三ミリ位迄、皮の部分の面《つら》を焼くだけで充分です。焼いた節を急速に冷やす工夫が鰹の刺身をおいしく食べる命です。自然にさめるのを待つようなぐずでは鰹が泣きます。

つまは青紫蘇とさらしねぎ、薬味は、おろし生姜が定石のようですが、わさびにニンニクのおろしたものをごく少量交ぜてためしに召し上ってみて下さい。

（四十四年五月）

柿の葉

新芽をふく頃の、柿の木に寄りかかるだけでも体の為に良いそうな、と幼い時に年寄から聞かされていましたが、どうして体のために良いのか調べてもいない不勉強ぶりでお恥しい次第です。昨秋大阪で講習会が終った日、奈良から講習を受けに来られたお方のお心尽しの熟柿が紅葉した葉をつけて、控室のテーブルの上に届けられてありました。「大和の御所柿と申して奈良地方に数少なくなりつつある名品の柿で、今が食べ頃ですが熟柿故にお送りが出来ませんので、ちょうど良い機会に奈良の自慢の味をお目にかけたくて」との言葉がそえてありました。思いもかけぬお心尽しのありがたさに感謝しながら、程よい大きさ、型のよさ、色の美しさに見入り、へたをくり抜いて一口、口に入れました。その品のよい甘さ、果肉の肌目の細かさ、つめたさは、講習で幾分上気した口には、まことに天下の甘露のうるおいでした。おいしい物を食べさせてあげたい優しい気持は女の幸せのひとつですが、その気持をはからずも旅先でいただこうとは……。柿を食べるたびに大和の御所柿の味を思い出さずにいられません。

味のほめ言葉に「味は大和のつるし柿」というのがあります。或いはこの御所柿の事を言ったのではないでしょうか?

手入れの足りない、肥料のきかないわが家の、きざはし、百目柿、富有柿、次郎柿、蜂谷の類は実を食べる目的より葉の方が珍重されて、幼い新芽は、天ぷら用にむしり取られ、若葉から紅葉までは柿の葉ずし用にもぎとられています。それでも柿の実一個に就いて十七、八枚の葉は残すようにはしていますが……。気の毒な柿の木たちです。

柿の葉に包んだおすしがどうして素晴らしい風味をかもし出すか不思議でなりません。とにかく初夏から晩秋までわが家のお勝手は「商売でも始めたらどう?」と笑われるほど柿の葉ずし作りに大いそがしです。曲輪《まげわ》つぱのふたの上に、卯の花やかきつばたを添えてのおくばりもまた一仕事です。

(四十二年六月)

梅仕事

「桜切る馬鹿、梅切らぬ馬鹿」のたとえの通り、新芽をのばし始めた梅の手入れは、花芽のでぬ前に手入れをすませ、追肥も草木灰をたっぷりと梅の実のためにほどこすのが、晩春の私の仕事のひとつです。剪定は女と言う字のように「交差させる事こそ枝振りの面白し」とか。

春がおくれた今年は、年を越してから冬至梅が咲きそめ、白加賀、青じく、紅梅、薄紅梅と、十数本の梅は二月の声を聞いてからほころび、桃の咲く頃まで梅見をたのしませてくれました。ほのかに匂う梅の香は「清浄にして品佳く」早春の朝の気、身が引き締る寒さに、肩をすぼませながら花の梢を見上げると、折から朝の刻を知らせる寺の鐘のひびき、鎌倉の朝なればこその風情でした。今年は花付きもよく、下を向いて咲いていたので、実の付きもさぞよいことでしょう。

入梅の頃から、庭の梅の実のすべては貯蔵用に使われ通します。梅肉エキス、梅酒、砂糖漬、煮梅、ジャム、梅干、梅つやふきんなどに……。その中で、煮梅、ジャム、梅つやふきん、紅生姜が私の特製品で、毎年多くの方々を喜ばせているもののひとつです。

青梅の頃からクリーム色に熟すまで、梅の仕事はつぎつぎと楽しく続いて、畑のちりめん紫蘇を摘み取ると、白酢をビールびん一本分だけ小わけして、梅干のカメに漬け込みをすませ、三日三晩の土用干しのうえ、完全な梅干漬を終るのです。取り置いた紅梅酢で、これも自家製の新生姜で紅生姜を漬け終るのは十月になるのが毎年のならわしです。

それまでの間には、害虫の消毒、施肥、剪定などと、結局一年を通して梅と命を通わせていることになるわけです。

梅にかぎらず私の庭の草木は、雑草にいたるまで命を通わせているつもりです。わが身の回りのすべてに、たとえば、紙屑や、抜毛のはしにいたるまで命を通わせるほどの細かい心やりこそ、生活であり、女の生きがいではないでしょうか。「ほんとうに生きる喜び」はみずからが相手方に命を通わせる事によってのみ生じ得るとしか考えられないのですが……。

明治百年の残り香は、こんなものかも知れません。

（四十一年五月）

煮梅

六月は月半ば過ぎまで「梅」の仕事に心を奪われます。

来客の応対、家事の雑用、庭仕事の合い間を盗むように、もいだり、洗ったり、拭いたり、茹でたり、水を替えたりして、梅酒、煮梅、梅干、ジャム等が次々に仕上るのはうれしいのですが、落ちつかない、気ぜわしいなかに細かい心くばり、触角が絶えず動き続けるのです。それというのは「あら！　その瞬間よ」で、元も子も無くしてしまう情けない目に度々合うからです。

ガラスびんの洗い清めだけを入念にすれば事の足りる梅酒と違い、煮梅となると少しの油断もゆるがせに出来ないのです。

ちょっとでも火が強いと梅がおどって、ペロリと皮がむけてしまいます。

出来得る限り煮立てないように注意しても皮が破れる率が多いのが、かねてからの悩みの種でした。

何故に皮が破れるのか？　熱を加えるにしたがって梅の水分が膨張するからでしょうか？

それなら膨張した時に水分を出せる工夫をしたなら或いは助かるかも知れないと考えて、前もって皮に穴を開けてみる事にしてみました。

竹のつま楊子で梅をブツブツ刺して茹でてみました。これがみごと的中して大成功でした。

柔らかくなったところで、渋味と酸味を抜くために数回水を替えます。

砂糖蜜のあくをすくい取って煮ふくめると、薄緑色の素敵な煮梅が出来上ります。

大粒の梅より、小粒の方が可愛らしくて私は好きです。

こんな事に気が付くのに五年かかりました。


（四十三年六月）

梅ふきん

煮梅に切り離すことの出来ない仕事がついてまわるので続けて書く事にします。

梅干を漬けた後、つまり、六月中旬以後、梅の実の青味がうすれて白みを帯び、更に黄ばんでから作るのが梅のジャムです。

茹でて数回水を取り替え裏ごしにして、梅と同量または八割位の砂糖を加え、ぽっとりと煮つめると出来上りです。香りと酸味のすがすがしさは、まず絶品と申せましょう。

さて切り離せない仕事はこれからです。煮梅、梅ジャムの第一回の茹で汁（身ぶるいする程、苦くて酸っぱい）で梅ふきん（つやぶきん）を作ります。

梅の煮汁はこのほか、風で落ちたり、痛んで落ちた梅や、梅酒、梅干を漬ける時に、選別するきずのついたもの、やにの出たもの等を煮て、その煮汁を利用してもよいのです。廃物利用もこうなると最高級です……。

布切れは、使い古した、タオル、日本手拭、ガーゼ、ハンカチ、敷布、浴衣、絹の共裏、麻、その他純絹、純綿、麻の類ならなんでも、洗濯して干したものを、この煮汁にとっぷり漬けて干してたくわえておくのです。

殊に、絹のつやぶきんで、蒔絵、漆、木地の道具類を拭き上げると、その素晴らしさにおどろきます。家具のすべてはもちろん、ガラス、床等布地の堅さ、柔らかさで使い分けます。余りよごれたら洗濯をして、また来年煮汁につけます。

梅の成分の何がそうさせるかは存じませんが、近来流行のつや出し薬とは月とすっぽんの違いをみとめないわけにはゆきません。

見識と良識を兼ねそなえた、知恵の固りのような、坂寄紫香先生（礼法、香道）に教えていただいたものです。明治百年の教えのひとつとして、あえて皆様に御披露した次第です。

（四十三年七月）

ラッキョウ

この春からの気候のずれは、梅雨にも影響してか、六月の下旬になってやっとそれらしい気配を見せました。三割、四割、と節水の呼びかけが高まるたびに、渇き切った畑、植込み、芝生を横目に見ながら水遣りもかなわぬ思いは、雨よ降れと願うだけです。六月上、中旬にかけて漬け込んだ梅干は澄み切った白梅酢がたわわにあふれんばかりです。ちりめん紫蘇をもんで入れると、とたんに真赤に変わるたのしみを待つばかりになっています。

それと前後してラッキョウ漬が始まります。

ラッキョウは暑気払いに妙とか、今の言葉で申すならスタミナ食と言いましょうか、ただし甘過ぎてグニャグニャ柔らかいのはいただけません。ラッキョウ、ニンニク、玉ねぎなど上品ぶったところで始まりません、パリパリ歯ごたえのある方がそれらしくてどんなにいいでしょう。一年や二年漬けっぱなしでもパリパリの方法があります。それはいとも簡単、土付きのラッキョウを買って根元を切らず、先の方も長いまま海水位の塩からさの水にドップリ漬けて置くだけのことです。二週間も経つと自然発酵して塩ラッキョウのうまみがたのしめます。甘酢に漬けたければ、三日程塩漬にしたものを後先を取って一皮むいて甘酢漬にすればよいのです。また塩漬を沢山作っておいて、必要に応じて甘酢漬にしてもよいのです。その場合充分塩出しをして下さい。

土付きのラッキョウは八百屋さんでもガード際の農協市場に前もって頼めばかならず手に入るはずです。くれぐれもていねいなラッキョウ掃除はあと回しにして、買ったらすぐ洗って塩水の中に放り込んで、押ぶたをしてラッキョウの浮かない程度の重石を置いて下さい。洗って売っている物はかならず芯から芽が出ています。芽の出たラッキョウの後先を切って漬けるから、クニャクニャと柔らかくなってしまうのです。

パリパリのラッキョウでこの夏は大いに張切ろうではありませんか。

（四十二年七月）

六月の畑

一足とびに夏のような陽ざしが輝き、ゴールデンウィークから引き続いて快晴づいて雨は一向降ろうともせず、おしめりが欲しいこの頃です。

わが庭の梅の木は弥生半ばの大雪のせいか、数える程しか実がついていません。その上畑の赤紫蘇までが青紫蘇より勢いが悪いのはどうした事なのでしょう。

物価高を少しでもおぎないたいと畑仕事にせいを出す朝夕です。四月中旬種播きした枝豆、とうもろこし、きゅうりをカラスと山鳩にほじくり返されて全部食べられてしまったのには閉口しました。えさの無い冬の間中、野鳥たちのために二俵以上の餌をまき続けてやっていたので多分餌と間違えて食べちゃったのでしょう。あわてて苗床で芽出しをさせて移植する手間暇かけたので、どうやら夏野菜の見通しがつきましたが、〇〇ヘクタールの広大な畑であったならさしずめ「権兵衛が種播きゃ、カラスがほじくる」、泣くに泣けない漫画です。

ごまかしもの、まがいもの、危険物に近い食品が町中を大手を振ってまかり通る近頃、自家製の新鮮な野菜を食べられる有難さ、それ故に茄子にそえ木を立てたり、きゅうりに敷ワラを敷いたり、いんげん豆に手をやったり草刈りしたり、肥を作ったり、欲と道連れで一生懸命です。

朝露にぬれた畑に下り立って胸いっぱい朝の空気を吸いながら、若い手頃のきゅうりをちぎってもろみをつけての丸カジリ、青紫蘇とみょうがたけの三州味噌の香りに今日一日の元気がみなぎります。茄子の油焼は田楽になったり、ごまだれをつけたりしてお中食の食卓に上り、茹でたての枝豆を肴にビールを一杯ひっかけている主人の前には夕がしの鰯の塩焼にたで酢がお供して現われ、初なりのいんげんはおひたしに、盛りともなれば薄い辛煮や、衣をつけた揚物になって出てくるとか、とかく食欲不振に陥りがちな梅雨期をなんのへちまと元気いっぱいです。

（四十四年六月）

六月の飛騨路

十年振りに飛騨萩原に出かける機会に恵まれました。木曽川、飛騨川、益田川はむかしも変わらず碧を深くたたえ、激しく、早くそしてゆるやかに流れ、山々の深緑の立木の豊かさは都会周辺の山川を見なれた目には、心からのやすらぎを覚えました。

萩原の山のひとつ向う側に馬瀬川が流れています。その馬瀬川の上に郡上八幡があります。馬瀬川の鮎と言われる程、美濃地方はもちろん全国的にも有名な鮎の住んでいる所です。

馬瀬の鮎の顔が私は大好きです。頭が小さくて丸く、目がぱっちりしていて口が小さく、きりきりしゃんとして根性のある面がまえをしているからです。

故人となられた鮎つりの名人であったH氏の存命中は、毎年馬瀬の鮎を食べさせていただいたことを、鮎の季節になると思い出さずにはおられません。ことに七月下旬から八月上旬にかけての鮎の味は私にとって忘れられぬ味でした。

今回はからずも仕事で飛騨路に入りましたが、鮎の思い出と美しい空気で頭の中はただそれだけの幸せでいっぱいでした。それ程の思いがおありなら鮎を召し上りますかと問われました が、私はやっぱり七月の下旬か八月の上旬、鮎のためだけにかならずお尋ねすると約束して、鮎はしばしのおあずけにさせていただきました。それではと、龍沢山禅昌寺（妙心寺派の禅寺）の山菜料理をご馳走になりました。

文化財の石組のお庭は手入れがとどいたさつきの花が満開で、山清水の流れる池には座敷に居ながら流れにあそぶ小魚の姿がはっきり眺められるのには、全く恐れ入った事でした。庭を眺めながら岩たけ、わらび、山蕗、小豆菜、くるみ豆腐、ほう葉ずしなど、自然そのものの味はいっそうたのしいものでした。殊に秋の干し柿を、自生する山わさびで和えたものの味が、帰宅した後も今なお深く舌の上に残されて、余香をたのしんでいる最中です。

（四十四年六月）

さやえんどう

さやえんどうの出盛りになると粉がふいてぷきぷきキュウキュウ音を立てるような取りたてを、膝前に盛り上げて、母とお手伝いさんと三人がかりですじを取って、けんちん汁をわんさと作ったり、油揚と煮付けたり、さやからはみ出した豆粒ばかりが煮汁の底に寄り集まったのを御飯にかけて食べたり、さやえんどうの醍醐味を十二分に満足したあの豊かさは何故なくなってしまったのだろう。さやも実も食べられるえんどうは、もはや思い出の味になりおおせてしまった……。

ところがはからずも去年六月、飛騨の萩原で講習会の折にめぐり逢ったのです。その時の感激と申しては少し大げさ過ぎましょうが、あきらめ切っていたものにぱっと出逢ったうれしさで、しばし呆然として、口が利けない程うれしかったのです。

「お恥しいけれどこんな古くさい〝さや〟をお目にかけるなんて、私どもは東京のお方のように上品なさやより、このさやを山程食べる方が好きだもので、笑わないで下さい」とおそるおそる出して下さった取りたてのさやに、私はこの土地に家を建てようかと思った位です。余りにも意外だったので相手の方が驚いて、信じられないような顔をされました。

さやの食べ方、料理の仕方に四方山《よもやま》の話が続き、秋には種を送って下さるようにお約束して、さやを畑に出向いてちぎらせていただきました。私の心は、さやえんどうのけんちん汁とは、「こんなもの」だと皆に食べさせたい気持でいっぱいでした。

秋に送っていただいた種は、私のささやかな畑では間に合わず近所の農家の畑に作っていただいて、今年は、ちぎり立てのキュウキュウ音を立てるさやのすじを取って、お腹いっぱいけんちん汁を食べました。

この稿をお読みになって、つばきが出るお方がおありでしたら電話を下されば、秋にはまた種を取り寄せますからお分けいたします。


（四十五年六月）

桜桃

今年もまた山形に住むお友達が連れ立って、エッチラ、オッチラ重い重いダンボール入りの桜桃を背おって出て来てくれました。ヤッコラサと荷を下ろした瞬間、あいさつ抜きの爆笑がわき上って家中にひびき渡りました。

年に二、三回、この自称春山さんたち（ＮＨＫテレビ小説「あしたこそ」の）は桜桃の他に、山菜やお米を背負って現われるのです。このお米がまた素晴らしいお米で、天童周辺のある特別の田に成育する「じゃこう米」というお米で、普通のお米五合に盃一杯加えるだけで五合の米を変化させてしまうほど香りと風味の高いもので、じゃこう米を入れた御飯は御飯だけで充分満足出来るのです。あつあつのおにぎりのおいしさ！　また炊きたてを湯づけにして島根県日御碕の海辺でとれる磯海苔をいい醤油と味醂で佃煮にしたもので、さらさらいただく時は「よくぞ日本に生まれたり」と感激する程のものです。

荷を下ろした春山さんたちが汗を流している間に、私は段ボールの紐をプチンプチンと切り、ふたを開けます。ぎっしりつまったナポレオンは、はち切れんばかりにつやつやかがやいてみごとな事、家中の者を呼んでしばしうち眺め、先ずお初穂はお仏様に、それから竹かごを出してあちらこちらにお福分け、塩水で洗いほんの少し塩をふりかけられた桜桃は、カットグラスに山盛りになってテーブルにどっかりと置かれます。「さあさあ皆んな思う存分いただきましょう」と、家中の者がニコニコ顔でむらがってついばみ始めます。

桜桃プラス好意の味。心の温かさ、ありがたさに私は何をむくいなければならないのでしょう。春山さんたちの万分の一にもあたいしない自分が恥しくなります。善意に満ちた人たちにかこまれて、幸せと反省に身がひき締る思いがします。

美しいさくらんぼは、美しい人生のいましめとなって、私の血を洗ってくれる事を願いながら……。

（四十四年八月）

るりとらのお

夏

とこぶし

秋谷、葉山、江の島の磯ぞいにはとこぶしが多いらしく、新しいとこぶしにお目にかかれるのはうれしいのですが、寄る年波には歯ごたえがあり過ぎて、のみ込むまでに骨が折れる情けない事になりました。いい加減に噛んで胃の腑の方にあら方の後始末をまかせられた頃が、我ながらなつかしいこの頃です。さりとは申せ、目がほしがるのか永い間の買いぐせか、とこぶしを見るとあるたけでも買ってしまう変な習慣に、とこぶしの山を前にして、何とかこれを柔らかく食べる工夫をと意欲を出して取り組むのです。

あわびよりとこぶしの方が小さいくせに仲々ガンコで思うようになってくれません。これと言える方法がなく手を焼いていました。ところがとうとう、ふわふわに柔らかく味付ける事に成功し、このところ大満足です。

去年娘の芳子がイタリア土産に、ワンタッチの圧力鍋を買って来ました。今まで使ったどの圧力鍋より性能が高く、豆類、野菜、乾物、あらゆるものに素晴らしい効力を発揮してくれるので、とこぶし、あわび、みがき鰊等をいろいろ試してみたのです。これで一度柔らかくなったものは、味を付けた後でも堅さが戻らない効果があるのがまた大きな発見でした。普通は茹でて柔らかくなっても、味を付けると少し堅く戻る経験がいろいろあるでしょう。それがこの鍋にかかると、その悩みが解消されるのです。

とこぶしに酒をたっぷり加えて三十分も煮ると全くふわふわになって、きゅうりと相い交ぜにしたごま酢、黄味酢、わさび和え等、夏の口にはまことにすがすがしく、また味付けを一切しないでとこぶし正味をふわふわ噛みしめると、これこそ真のとこぶしの持ち味と、これ在る故に見たら見ただけ買いたいゆえんがやっと解決したと、自己満足にひたっているわけです。

この喜びをちょっとご披露いたしてみました。

（四十五年七月）

明日のお香のお稽古のためにと、香を組み始めました。夏衣、川風、篝火……組む心は、いつしか鵜飼を思い出していました。

夕闇せまる長良川に舟を浮かべて、金華山の緑が墨色につつまれ、川風に吹かれながら月の出を待つ。この間の情緒が鵜飼なのでしょうか。

山の端に月がさしかかる頃、ホウホウと舟ばたをたたいて鵜舟が下ってくると、屋形船がいっせいに先を争ってこぎだすさまは、すさまじいものです。飛び散る火の子と鵜の動きが水面を彩るのは、つかの間、鵜匠の手さばきも、さだかでない間に、鵜舟は下へ下へと下って行ってしまいます。

宴の後の一抹のさみしさを感じると、急に川風のつめたさが身に沁みて、一瞬の華やかさは、はかない幻のように消えてしまいます。

寸前に火の子が川面に吸い込まれたあたりを眺めても、過ぎ行くはかなさが残るだけで暗闇の長良川がそこに在ったのだと気が付くのでした。

一度鵜にのみ込まれた鮎。それをはき出させて、人間が食べる……。ひとつの方法ではありましょうが、何かすっきりしません。

鵜飼とは見るもので、食べるものではなさそうです。少し神経質過ぎましょうか？

故郷に美しい河の流れを持たれるお方たちは、鮎は俺の故郷の〇〇川の鮎に限ると自慢されますが、それがほんとうだと思うのです。故郷の美しい川にいつまでも鮎が住んでいられるようにと願うほど、川がよごれ始めていますから。

東京の多摩川だって、鮎が住んでいたのです。しかも丸子多摩川にです。

父のお供をして鮎釣りや、鮎の流し網によく出かけました。おべんとうには父の好物の塩茄子が、かならず入っていました。河原の石が焼けついて、上から照らされ、下からいられながら、おべんとうと荷物の番をするのは、なかなか楽ではありませんでした。川の中に入って流し網をかけて愉快そうに水遊びをしている男の連中がうらめしかった事だけが頭に残っています。一日かかって、しこ鰯ぐらいの鮎までも数の中にかぞえて、大鼻高で「帰ったら塩焼にして、たで酢で一杯やろう」と意気揚々としているのを見ると、ちょっと、へそが曲がって、私はすずきの洗いの方がいいと思ったものです。

釣のお供で、鮎を小馬鹿にしたわけではないのですが、子供の頃は、鮎はおとなの食べ物位にしか思わず、少しも魅力を感じなかったのです。けれども、年をとるにしたがい、何よりも好きな物になりました。夏場所がうれしいのも、国技館の帰りには、きまって「浜作」に寄り、鮎の塩焼をいただくのがならわしだったからです。初鮎から落鮎までおいしいと聞く鮎はなんでも食べさせていただく事にしています。串にさして焼き上るまでのたのしさ、待ち遠しさ。焼き上ったのが目の前に出てきた時のうれしさ。しみじみ眺めては、「ではいただかせていただきます」と、鮎におじぎをして、箸をつけ始めるのです。

今年もまたその季節になりました。さて今年はどこの鮎を食べに出かけましょうか？

（四十一年七月）

桔梗

嵐山の鮎

六月の末、かねて予定の舞鶴に旅をしました。

京都で乗り換えて舞鶴に向かう。途中の山道も、丘も、平地も、農家の庭先まで栗の花が白い粉をふいていました。

山からの眺望は、峰から峰へと限りなく続き、空は青く、見下す谷間の美しい流れは白い波しぶきを立て、或いは深い淵をよどませて流れて行きます。保津川下りの舟の人々は峰を見上げて手を振る、こちらは見下して手を振りかわす。大自然にすっぽり包まれてこその旅のたのしさ、ほほえましさ……。

帰りは保津川下りで京都に出ようと心ひそかに決めておりました。亀岡までの切符を買ったら「京都へ出るのでしょう」「ちょっと寄り道して保津川下りで京都へ出ましょうよ」「いいことを考えたわね」と芳子も大賛成。

二時間余りの舟あそびも、水かさが少ないせいか、水しぶきを浴びるようなスリルもなく、いとも平穏無事に嵐山に着きました。舟から上って四、五間歩いたらぴったり吉兆の前。急に鮎が食べたくなって……。予約なしでは十中八、九むずかしいと覚悟をきめながらも案内をこいました。快く座敷の都合をつけてもらえた時はとてもうれしかったことでした。純日本風の敷寄屋造りのたたずまいはしっくり落ちついて、日本家屋のよさもこれだけこらせば最高です。

旅の最後の締めくくりに京都のよさをしみじみ味わえるとは。保津川下りにちょっと肩すかしをくった穴うめはこれで充分取り返しがつきました。

物腰静かにお女中さんが青磁の小皿に小さいギヤマンのコップをのせて現われた。なんと梅酒のオン・ザ・ロックでした。

熱いおしぼりは煤竹《すすたけ》の菜かごらしきものから蓋を開けて取り出してすすめられます。常日頃、タオルの丸裸に何かいい工夫はないものかと考えていた私は「参った！」

六月二十六日、嵯峨吉兆の献立

一、扇面型盆、歓世水文、よしの一枝の箸置は心憎いほど。朱盃を置き合わす。白板昆布を網目に組み、中にあまご、川えび、湯葉の油揚げ。小さい壷に雑魚を生姜・山椒で薄口に煮〆たもの少々。奉書を懐紙より一まわり小さく切り二つ折りにし、青竹で中央をはさんで置き合わせ、中にこのこ、めのはの油揚げを包んで入れてある。大祓の趣好の由。
二、吸物。黒塗の半月膳、椀は銀塗。あこう鯛、はものように包丁。むしてあるらしいたたきオクラ。梅肉。徳利は染付の竹泉。ぐいのみは唐津。
三、お造り、鮎の洗い。金縁切子の器にくだいた氷。犬たで、めじそ、おろしわさび。
四、つけ醤油二色。からし酢味噌、いり酒。
五、織部長皿。活け鯛とあおりいかの小ぶりのにぎりずし。
六、鮎の塩焼。たで酢。小七輪飛騨高山造りに備長を入れ、塩焼の鮎の骨を抜き抜き二匹を魚網の上にのせ、じいじい焼きたてを持ち出す。待望の鮎、骨が抜いてあるので食べよく、腹わたもそのままなので、どのように骨を抜いたのか不思議でした。
七、進さかな、四つ手あみに鮎の作り身の中骨、お腹のすき身、開いた頭などの油揚げ。おどろいたことに、塩焼の鮎の抜き身骨も共に揚げてある。作り身の骨は少し肉がつき、塩焼の方は骨だけ、しかも、骨がどれも同じ姿と数なのは並々ならぬお手の内！
八、口替わり。稲庭のうどんとあわびの塩むしを冷やし黄瀬の鉢に、おろし柚子。うどんと共色同じ寸法のあわびは、口に入れてはじめて気付くとは恐れ入りました。つけ汁が江戸風に濃い色なのは意外。
九、煮物。冷たい小いもにおろし柚子をそえてある。
御飯、鯛茶。つけもの、きゅうり、キャベツかくや、塩昆布。
水菓子はメロン。
甘味は水羊羹、抹茶。
茶番――薄めのほうじ茶に塩少々。

松茸の季節にもまた行きたいと日程のさしくりをしています。

(四十七年十月)

小鯵

夏だというのに、湘南特有の生きの良い小鯵にお目にかかれず不思議に思っていた矢先、今朝のテレビで、久しぶりに暖流にのった鯵の大群が相模湾にやって来たもようを見ました。やれやれと思ったとたん、魚屋さんからピチピチの小鯵が入ったと知らされて来ました。

目がパッチリと澄みピインとそり返った虹色の小鯵は、三枚におろすには手間のかかる小さいものですが、今年初めてのたのしみで、鯵切包丁の動きは気持よくなめらかです。氷を入れたたて塩の中に一ひら一ひらなげ込まれ磨かれる切身を見ていると、鯵ずしも作りたくなりますが、一ぺんにあれもこれもと欲張らなくても、夏はまだ長いのだからあわてなさんなと、われとわが身に言いきかせながらみょうがの子を刻み、青紫蘇をさらし、三杯酢の加減をするのです。たて塩から引きあげて水気を切り、酢で洗って皮をむくと一段と美しさが増し、盛り付けながら久しぶりの小鯵の酢の物に、一寸ニコーッとしたほどうれしくなりました。そしてこのつぎはたたきにと思うのです。

もう少し大きくなり脂が乗ってくると塩焼が素晴らしい。七輪をテラスに持ち込んでの焼きながらが最高です。鰺自身の脂で黄色く焼けたのをたで酢でぱくつくところが身上でしょう。また、江戸風の甘辛いお煮付も熱い御飯によく合ってお昼のお惣菜に手頃でしょう。素焼にお酒をふんぱつした煮びたしもおとなの味といえましょうし、煮おろし、唐揚、南蛮漬、フライ等々、すり身の椀種も乙なものです。鯛めんならぬ鰺めんも、みょうが、紫蘇、茄子などのお引立て役で結構いけます。

朝によし、昼によし、晩によいのは何といっても干物でしょう。しかし、市販の品のなんと近頃まずくなったものでしょう。鰺の干物まで自家製でなくてはと思うだけでも、悲しいやら腹立たしいやら、夏空を眺めては、干物の良いのがないかしら?

（四十二年八月）

トマト

本格的な露地物の夏野菜が豊かに出回って来ました。鎌倉の住人は大船農協の共同市場のお蔭で新鮮な夏野菜に恵まれて幸せです。

先日、NHK番組のロケのために関谷方面の農家の畑を見学に行きました。小高い丘陵地は見渡す限り広々とした畑また畑で、行き届いた農業管理はまことにみごとでした。茄子、きゅうり、トマト、ピーマン、かぼちゃ等々、わが代の春とばかり花を咲かせ、実を結んでいて、農家の方々のお蔭をしみじみありがたく思いました。

トマトの新しい、古い、を見分けるには、裏返してへたを見ましょう。ちぎりたての新しいものは、へたが青々としてぴいーんとして元気がよいのです。栄養士を七、八名も抱え、最新式の調理場を持つ、国際的にも有名な大食品メーカーの台所で会社が発行している料理手帳のために、依頼され調理をしたことがありました。一、二個しか使わないのに大きなかごに真赤なトマトが山のように買ってありました。赤さが一寸気になったので、取り上げて、ひっくり返して見ましたが、へたが真黒で糸のように細くなって、へばりついているではありませんか。山のようなトマトがすべて同じで、使えるものが一個もないのは、全く驚きでした。大メーカーの栄養士さんの求めたトマトとしては余りにも情けなく、ビタミンとやら、有色野菜とやら……全く何ともおかしくて、相手が野菜だから中毒もしないでしょうが、これが肉や魚だったらどうでしょう。

新しいトマトを熱湯にさっとつけて皮をくるりとむき、輪切りにします、フレンチドレッシングに、玉ねぎのみじん切りを水にさらして、水気をしぼってソースの半量を加え、ベージル小匙一杯（西洋紫蘇科の葉を干したもの、青紫蘇のみじん切りを代用してもよい。その場合は大匙一杯）、砂糖大匙一杯を交ぜ合わせ（砂糖を入れるところが大切です）、これをかけて、冷たく冷やして召し上って見て下さい。パセリのみじん切りを最後にふりかけます。

（四十三年八月）

いちじく

秋

秋の味

八月末の集中豪雨で新潟の加治川が二年連続の大水害に見舞われ、大豊作の稲刈を目前にしての惨害はお慰めの言葉もありません。三川村は集落全体が山崩れで埋没の悲しみに逢われ、同じ日本に住みながら無事に暮せるありがたさを思い、実りの秋を迎えて、豊作でもつつましく自然の恵みを受ける気持があってほしいものです。

去年はさっぱり実をつけなかった栗の木が、今年は青いいがをたくさんつけました。はじけ出したらどうしましょうか？

栗御飯もいいですね。季を合わせ松茸が西の方からかごにゆられて到来したら？　松茸入りの栗御飯に青松葉を添え、お清汁には青柚子を浮かして、香のお稽古にはるばるおいで下さる老先生のお昼にさし上げましょう。食後のお菓子は甘露をふくませた栗の渋皮煮を、栗の一枝と共にかごに盛り込んで、お薄を一服さし上げましょう。

「栗のふくませ」女ならばだれしも魅力的でご馳走らしく感じるのではないでしょうか？

ふくませの魅力にとりつかれて九月の中旬は、親指と人差指にばんそう膏を巻きつけて栗むきに一生懸命でしたが、だんだん無精になり、渋皮ごと食べる事に成功しました。渋皮煮を食べだしたら、皮をむいたふくませが水っぽくてたよりなくなりました。渋皮に包まれているためか栗の風味が全く抜けず、渋皮そのものにも不思議な風格があります。

煮くずれが無いので歩留まりがよく、経済的であることもひとつの魅力でしょう。

では、渋皮煮の要領を……。渋皮に傷をつけないように鬼皮をむく。わら灰のあく水で柔らかく茹でる。火加減は強火は禁物。水でさらしてあくを抜く、その時渋皮に付いているモロモロを静かに手でこするとツルツルの渋皮だけになる。ざるに取り上げて水気を切り、砂糖を加え静かに煮ふくめる。味醂、或いはラム酒、ブランデー等を時に応じて使うのもまたよろしい。

（四十二年九月）

秋茄子

今年は、立秋近くなって暑さがやって来ました。暑い日中であっても、朝夕は冷えびえとして、朝もまだ明けやらぬに、ひぐらしのさえ渡る声を聞きながら、しばし夢心地をゆさぶられるのも山に囲まれた鎌倉なればこそと、幸せが身に沁みます。

今朝は、夏中なり続けてくれた茄子やきゅうりに、もう一度ふんぱつして秋までかせいでもらわなければと、追肥、害虫、病気のための手入れに大張り切りです。

「親の小言と茄子《なすび》の花は千に一つの無駄もない」とのたとえの通り、花が咲くと必ず実を結びます。今年は風も吹かず、おしめりと照りが茄子の芽によかったのか、狭い家庭菜園でも大豊作でした。

ガード近くの市場の茄子が色格好もよくその上お安かったので、丸漬の塩押しにしたらさぞおいしかろうと、しこたま買い込みました。塩水を作り、くぎ、熱湯消毒した銅貨と一緒に、漬け上りを画にかいて大意気込みで漬けて、三日目に重石を上げて見ました。けれど、紫紺色の夢はむざんにぶちこわれ、はげちゃびんの茄子が見るもあわれに浮き上りました。底の方までですべて同じようなありさまです。ひとつ水気をしぼり口に入れました。案の定、皮がこわくてがっかりでした。あんな色の良かった茄子がどこでどう間違ったのかと、畑の茄子をちぎって早速漬け直しました。二日目に待ち切れずに重石を上げて見ました。素晴らしい紫紺色に漬かっているではありませんか！　皮はすべっこくって柔らかく、肉は真黄色でいつもの通りの茄子の丸漬でした。そんなわけで家庭菜園の茄子の重要性を知り、手入れを、おさおさおこたれぬことになったのです。

しかしこれはいったいどうした事なのでしょう。素材の変質？　もしも農薬のためであったとしたらどうしたらよいのでしょう。大きな壁に突き当ったようなやり切れないこの気持をどうしたらいいのでしょうか？

（四十三年九月）

ああこの道！　この道はこの間鵜飼の時に通った道だわ。名古屋ってほんとうにいい所ね。京都、大阪、奈良、岐阜、瀬戸など一時間余りで行ける所がたくさんあって、名古屋に住みつこうかしら……。そんな会話をたのしくかわしているうちに目的地の松茸山に着きました。

車を停めた所は石ころだらけの山裾の広場。この山に松茸が生えているのかしらと思うような、岩肌の見える、からりと乾燥している山のたたずまいです。モンペと運動靴に着替えて、勇み立って山に登りはじめたのですが、思っていた程、簡単に登れるものではありません。足もとを見るのがせいいっぱいで、松茸のまの字どころでない私の耳に「オーイものすごいぞ」「いい松茸だぞ」「あった、あった」など、えものを見つけた人たちの第一声がひびいて来るではありませんか。それを聞いたとたん、私も早く松茸を見つけたいと上を向いたら、足もとがお留守になって、あわやすべりかけるところを、運よく後から付きそって来た人にささえられ「やれやれ山に来ては奥さんもカッパの陸上りかな?」と大笑いされました。全く情けない事に、東京者の私には、松茸の生えているのがどうしても見えないのです。山に慣れている人は、自然に見えるものだそうです。

皆さんの取った後のお目こぼしでがまんしている時「オーイ凄いぞ、奥さん、奥さん、ここへ来なさい。オーイ皆来て見ろ！　ここは奥さんに取らせて上げろ」

びっしり敷きつめられた小麦色の一固りとでもいったらいいでしょうか。大小さまざまな松茸が頭をもたげているではありませんか。珍しいなあ、見たこと無い、などと皆さんが眺めている中を、どれから先に取っていいか、わくわくしながらぺったり腰をすえて、ためつすがめつ、絶大なご厚意のお蔭で、松茸狩りの醍醐味が充分満喫出来たのです。

山のおじさんの背負いかごは二つとも大入り満員で、さすが餅屋は餅屋。お情けにすがって松茸狩りをする自分がおかしくなりました。

山の水の流れのほとりでは、七輪が用意されて、気の早い連中はそろそろビールを抜き始めたようです。「オーイ早く松茸焼いてくれ！」の声に、あわてて水辺に降りて、つぼみばかりを選り出して清水で洗い、用意して来た日本紙に包み、更にそれを水でとっぷり湿めらせて金網の上に並べました（山では堅炭を使わず、やわらかいボウボウ炭で、直火で焼くので、せっかくの松茸に炭の匂いが移り、焼けるより先にこげてしまうので、がっかりした経験があったのです)。

紙にこげ目がつく頃、中の松茸は程よくむし焼になって、焼きたてをプキッと噛むと、松茸の露と香りが口いっぱいパァーッと広がって、松茸とは、こうしたものかと、はじめて味を知らされる思いがするほどです。

かしわ(鶏肉)と炊き込んだ松茸めしは、田舎たくわんのひなびた味としっくり合って、おてんこ盛りのお茶わんまでもが、ここではうれしいとは……。枝つき黒豆の塩ゆでは、紫がかってむっちりと甘く、柔らかく、いくら食べてもきりがありません。自分の前にうず高い空枝に、われながらおどろいて恥しくなります。おみやげ用にと欲張ってしこたまつめ込んだ松茸のかごに山柿が一枝添えてあったのが忘れられません。

松茸山のおじさんへのお別れの挨拶に口がすべって「せっかくこんなすばらしい松茸山があるのですもの、柚子の木をお植えなさいよ」と。

(四十一年九月)

柚子

ずいき

調子がくるったのか、天気具合が思わしくなかった夏も過ぎて、九月になりました。去年まで、蟬取り、とんぼつりに夢中だった孫たちも少しおとなになったらしく、捕虫網が物置の隅に立てかけたままになっています。お山の虫たちは今年は安心して飛びかい、繁殖した事でしょう。

毎年八月中旬、しかも暑い盛りに一年間の丹誠のたまものの鈴虫をMさんからいただくようになり早や数年たちました。残暑のきびしい太陽がしずみ始めると思い出したようにリーンリーンとすずやかな音色が部屋部屋の隅から立ち始めます。頭の中へ涼風が吹き込んで体もさやさやと汗が引く思いがします。この鈴虫たちのために畑の茄子ときゅうりには土用の草とりと追肥がほどこされるのですが、今年の茄子の不出来でまずかったこと！　皮がこわくて甘味がなくて……鈴虫さんに申し訳ないほどのぼけ茄子です。発育期の不順な天候のせいだと植木屋さんは言いますが……その代わり里いもと八ツ頭が小にくらしいほど元気旺盛で、太いずいきがとれそうで、たのしみです。

さて！　ずいきを何にしようかな？　小粒の小いもと、ふわふわに柔らかい炊き合わせにして、青柚子の皮をすりおろしてふりかけて、つるつると食べてみたいし、湯引きいもに枝豆を茹でてすりつぶして塩味と味醂で味つけした和えものは色も味も秋そのものだし、香ばしいごまの香りをしのばせた白酢和えも素晴らしいし、西京味噌に辛味噌を合わせて仕立て、根元の親いもを少し付けて柔らかく茹でて、ときからしを落とした味噌汁もいいし、ずいきの捨てがたい味をゆっくり味わいましょう。

それにしてもいもの葉のなんと立派で柔らかそうなこと。これをざくざく切ってなんとかならないものかしら？　案外おいしいでしょう。

葉のこわくならないうちに必ずためしてみましょう。


（四十四年九月）

秋茄子と秋鯖

「暑さ寒さも彼岸まで」朝夕の風は「秋」を知らせています。涼風に身も心もようよう落ちつきを取りもどし、夜露の草むらにすだく虫の声に耳をすまし、雲足の早い月空をあおいでは、きびしかった夏がやっとすんだと、季の移り変わりの早さが不思議にさえ思われます。

秋はまた食欲の秋でもあります。松茸、柿、梨、葡萄、栗、銀杏、秋刀魚、秋鯖、しこ鰯、いか、鮭、さつまいも、里いも、蓮根、ずいき、枝豆、生姜、秋茄子、これからのものは、どうやって食べてもおいしくて食べるそばから身になる感じで、夏の疲れが吹きとぶようです。女なら、好機逸すべからず、今年こそ、鯖と茄子に取り組んで見ようと思うのじゃないでしょうか？

「秋茄子は嫁に食わすな」なんて変な言葉があります。私も花嫁時代がありましたし、そんな言葉を聞いて妙に抵抗を感じて、いやだなあ、どういう意味なのかと考えたこともありました。おいしいから嫁に食べさせないのではなく、種が無いからだそうです。ほんとうに秋の茄子は種が実らないのです。種の型があるだけで、その種は芽の出る種にはなり切れないのです。

子ダネが無いのは子孫繁栄にさしさわりがあることにからませての言葉だそうです。

秋鯖の調理にもさまざまありますが、秋鯖でいいのは干物と鯖ずしではないでしょうか。秋の風に吹かれて干上った一塩を、小さ目に切り新生姜のおろしたてを添え、酢と醤油をかけての焼きたては、歯ごたえのある身の締まりと脂が食欲をそそります。それにもまして最高のたのしみは「鯖ずし」でしょう。三十本位は、またたくうちに作りますが、それがまたたく間に売切れてしまいます。押しのきいた翌日の味もさることながら、三、四日たって、御飯が堅くなったところを焼いて食べるのですが……。焼きながらあつあつをほうばっては「おいしいわね」と顔と顔を見合わすのです。御飯がこんがり焼目がつき、鯖も焼けるにしたがい脂に金色の照りが出て、ぽっかりした味はたとえようもありません。その度にこの次こそ全部焼いて食べることにしましょうと、きめるのですが、作るそばから食べられてしまうので、一、三本かくすのに骨が折れます。手製鯖ずしと秋の野菜類のお煮〆でお集まりなどいかがでしょう。茄子は煮てよし焼いてよし、揚げてよし、わけても粒ぞろいの塩押しは、紫紺色で薄皮が柔らかく、プチッと噛むと、黄色い肉は甘味があってそれこそ種が無くて、明治者の私たちにとっては忘れられない秋の味です。

（四十一年十月）

鎌倉の鯖ずし

鎌倉の海から採りたての鯖が台所に直通する幸せを私どもは感謝しなければなりません。しこ鰯から、えび、鯛等の高級品にいたるまで、地の物の顔が拝めるのは、大いなる幸せのひとつです。

京都のすし政に、いずれ勝るとも劣らぬ鎌倉の鯖ずしが、お手作りで召し上れるとしたら？善は急げ！

地のピンピンの鯖、生姜、昆布、すしめしを用意しましょう。

すしめしは普通の水加減（こわくない方がよい）、米の一割二分の醸造酢、砂糖、塩、化学調味料をさっと合わせる。昆布は乾いたふきんでごみと砂を払い、砂糖少量を入れた酢でしめらせておく（酢に漬けるのではない）。生姜は細い千切りにして熱湯をかけ甘酢に漬け軽くしぼっておく。鯖は三枚におろし真白になるほど塩をあて、約三十分おき塩を落とし、さっと水で洗い少量の酢で洗ってから更に酢に漬ける。約十分でひっくり返す（両面で二十分）。酢の中にレモン、柚子、生姜のしぼり汁等を入れれば最高です。鯖は酢から引き上げておく。これが〆鯖です。

刺身にしてもおいしく、切身にして焼くのも素敵です。若い人向きにはバタ焼、フライも好評です。腹身や尻尾のこま切れで卯の花和えもたのしい味です。

さてこの〆鯖の皮をむき、背骨を取るつもりで血合いを切り取ります。背の方の部厚い肉の部分をそぎ取り、尻尾の長三角形をおぎない長方形になるように形をととのえ、血合いを取ったところへ千切り生姜を一列にはさみます。

竹の皮の中央にすしめしを鯖の二倍くらい取り上げ、手で長方形にしっかりと形づけ、〆鯖をのせ、酢でしめらせた昆布で上をおおい、手に力を入れてきっちりと包みます。竹の皮を紐にして三ヵ所くくり、板の間に置いて軽く重石を置きます。

作ってから二、三時間で食べられますが、一晩おくと味が更になじんでとてもおいしくなります。

（四十二年十一月）

鶉につぐみ

秋が深くなると裏山の尾根づたいに、ちょっとこい（私たちの呼び名、ほんとうはこじゅけい）が親子づれで庭さきまで餌を拾いに出て来ます。かすかな小枝の動き、下草のそよぎにさえ注意深く、七、八羽、時によっては二十羽位が群をなして、ちよつ、ちよつ、とからだを左右に動かしながら小走りに走り回わります。一分間でも長く庭先にいてもらいたくて、じっと身動きもせずに小鳥たちの様子を見ながら、自然に恵まれた場所に住む幸せをしみじみありがたいと思います。

東京、芝白金の自然公園の地続きだった長者丸の家の庭にも、朝な夕な訪れて来ましたが、鎌倉暮しをするようになった今もなおその続きが出来るとは、うれしい限りです。

こじゅけいは、雉と鶉の合の子のような鳥なので、食いしん坊の私はこじゅけいを見ているうちに、だんだん鶉を思い出して、鶉の丸《がん》が食べたいなあと思ってしまうのです。

「鶉のたたき」あのふうわりと柔らかい口あたり、丸を箸でちぎると、けし粒のような脂がすうっとお汁に浮き上る、あの瞬間がたまらなく好きなのです。

割山椒の吸口を眺めながら、清汁をすうっと一口吸い上げて、おもむろにたたきを口に入れると、柔らかさの中に、たたいた骨の感触がなんとも香ばしく舌の上に感じられるのです。

「鶫の丸」いつ食べても、いいなあと思わずにいられません。付け合わせの粟麩、青味の菜、秋の煮物椀の白眉と申していいでしょう。

晩秋の候、中津川の山小屋でカスミ網をかけてのつぐみ獲のおさそいを受けたのは、戦後間もない時でした。

行きたいと駄々をこねたのですが、主人が「女の行く所じゃあないぞ。朝日が上ってから、男どもの口のあたりを見てみろ。生焼けのつぐみを食った口の周りは血だらけだぞ」とおどかされて、やむなくお供を思いとどまりました。

けれど、一度だけでも行っておけばよかったのにと思うこの頃です。今はつぐみは禁鳥になりましたから……。

つぐみの胸肉だけで作る治部《じぶ》椀、これもまた素晴らしい羹《あつもの》です。羹椀といって、平たい大きいお椀を使います。松茸か、しめじがたっぷりそえられて、若い、柔らかなせりとの出合い、柚子の輪切りに、おろしわさび、煮切り味醂の甘味。とろりとしたお汁が混然一体となって大満足をせざるを得ないほどのお椀盛りになるのです。

昔の日本人は、なんとまあ、こんなに調和のよくとれた、すてきな味を発見したのでしょう。それにひきかえて、今の私たちは、昔のまね、諸外国のまねばかりして、何ひとつ創作も出来ず、ほんとうに恥しいことだと思います。

ただいまでは、つぐみが使えないので、鴨を代用にしていますが、つぐみには遠くおよびません。

牛肉のヒレ肉を使ってみましたら、なかなかこれは成功でした。それ以後、ヒレ肉が手に入った時は、治部椀にいたすことになりました。

（四十一年十一月）

野菊

秋の菊

秋の色いよいよ深く、山波は紅葉で彩られています。紅葉谷に在るカトリック墓地で、文化の日に死者のためのミサが行なわれました。杉の立木に囲まれた谷戸は朝日が暖かく、いっぱいに咲き乱れた小菊でうずまり、馥郁たる香りはすべてを包み、ただ、美しさと清らかさそのものの秋の朝の一時でした。

ふと、我に帰ると、あの色もこの色も、雪ノ下の庭には在ったのになぜ浄明寺の庭に見当らないのか、恥しながら食い気ばかりで……。食用菊の苗は移転したけれど、庭菊は置いてきぼりした事に気付いたのです。来年こそは小菊で庭をうずもらせてやろうと心に決めました。

移転した食用菊は、その名も妙な〝楊貴妃、金唐松、垣の本、思ひの外〟等で我こそはといわんばかり真盛りで、この菊たちの面目にかけても、食べてやらなければと……。盛大に菊なますを作って方々様へおくばりするために秋晴れの一日をついやす事にしました。

山のごま柿を取ることから始めましょう。甘柿ならなんでもよいのです。細かく千切りにして、味醂二、酒一を合わせて、ひたひたに漬けておきます。

菊は花びらだけをむしり取り、熱湯の中へ酢を少量落としてさっと茹で上げます。今日の菊なますは金唐松を使いました。

大根は皮をむき、細い千切りにして少量の塩をふりかけ、しんなりしたら堅く水気をしぼります。大根一本について大匙一杯位の塩に止めて下さい。

菊と大根を柿の中へ交ぜ、合わせ酢、少量の砂糖と醤油と化学調味料で味をととのえます。柿の甘味によって砂糖を加えず味醂を多目にとか、さっぱり口なら酒にするとか、日本酒向き、御婦人向きとか、味の決定は各自におまかせいたしましょう。

柚子があれば酢の代用に、皮を使うのも忘れずに。菊と柿と大根のいずれも晩秋の味覚の王者です。

絶品の味で、白玉の歯にしみ通る秋の夜の酒をくみ交わそうではありませんか。

（四十二年十一月）

葡萄

九月下旬から十月の上旬にかけて、西から北への旅行に恵まれました。行く先々での心温まる思いに、人の世のありがたさをしみじみ深く味わいました。

九月下旬、お彼岸も終ろうとするのにぶり返しの暑さで、のどは冷たいものを欲しがりましたが、ジュースやアイスクリームの後味の悪さを考えると、車内売りを買う勇気もないまま岡山駅まで辿り着きました。

二分停車のわずかな時間、小銭を持ってホームをかけ足で、アレキサンダーを二包買いました。そのおいしかったこと……お連れと一房ずつぺろりと平らげて一息していると、「鎌倉の辰巳さん荷物を預っています。至急乗務室までおいで下さい」との車内放送にあわてて取りに行きました。

預けられていたのはずっしり重い紙パックで、中身は、倉敷に住むお友達からのさし入れの葡萄でした。……上の方の包は冷蔵庫で冷やしてありますからすぐ召し上って下さい。あとはお宿でどうぞ……と手紙が添えてありました。心温まるお友達の真心に接してうれしさと感謝に胸がいっぱいになりました。

冷たい包の薄紙を開くと、えも言われない芳香が漂い、一粒口にふくんだその新鮮な甘さ、皮も種もすべてそのままのどを通り過ぎるのでした。

お連れの友達の感激は大変なもので「こんな素晴らしい葡萄の味は生まれて初めてです。こんなうれしいおしょうばんに恵まれてなんと幸せなのでしょう」と一粒一粒を感謝でいただきました。……果樹園であった土地に家を建てたが葡萄の樹は残して置きました。その葡萄が毎年良く成るのです。一度その季節に来て下さい……と、かねてから言っておられた友の顔を思い浮かべながら手作りのもぎたての味を味わいました。

あの列車に乗っていたのをどうして知ったか、心からなるさし入れを、私は一生涯忘れないでしょう。

（四十四年十月）

山の栗

これから正月中頃までが鎌倉なればこそのいい時です。青々と繁っていた木々の葉が散って山肌が見え、陽の温かみが落葉を通して土に吸い込まれてゆきます。からす瓜の赤い玉が風にゆられているかと思えば、足元には水仙がつぼみを出しているとか、これが鎌倉です。

「今年は柿にへた虫が多くてさっぱりですね、その代わり栗はよかったようですね」と草取り小母さんたちが言いました。

家の山の栗を毎朝長ぐつをはいて拾いに行きました。ついでにいちじくもいだり、みょうが掘ったり、あけびを取ったり、山家暮しのような幸せいっぱいのモンぺ生活です。

栗の鬼皮（外皮）をむく、とても重宝至極なナイフをお友達がわざわざ持って来てくださいました。今年から三越が売り出した品とか……頭のいい人がいるものです。

3の字をひっくり返したような形のナイフで刃が付いていない切れないナイフです。それがとても調子がいいのです。

何十年も栗の鬼皮むきで、左右の親指、人指指にばんそうこうを巻く位の事しか考え付かなかった自分のアホーさに苦笑してしまいました。

お蔭さまで鬼皮むきは大成功でした。渋皮は例年の有次の包丁を使いました。夜なべ仕事に二日分位ためて茹で、茹でてはため、七、八升は充分ありました。

渋皮煮は最初に煮てビン詰めにして保存済みなので、ごく気軽く白ザラメを加えてコトコト煮ました。とろけるもの、煮くずれるもの大小さまざま気にも止めず練り上げるうちオール栗の栗きんとんが出来上りました。銀寄せ、芝栗、山栗ごちゃまぜの栗きんとんが……。砂糖がひかえてあるのでその風味のよいこと……洋酒を入れてしぼり出してカスタードソースをかけました。

その物ズバリ大満足です。

（四十七年十一月）

ひよどりじょうご

冬

霜月

鎌倉は十一月がこよなく美しい。山々は黄ばみ、日は暖かく澄みきった小春日和が続きます。海辺では、乾いた秋風に、見ている間にすき通ったしらすが長方型のすだれに干されてたたみ鰯になります。面白くていつまで見ていても見あきません。干したてを買って帰ると早速夕飯のお膳に上ります。料理ばさみで適当の大きさに切り、電気コンロを遠火にして象牙色に焼き上げ、醬油を酒で割ってはけで一はきして、ポリポリ。お茶づけもちょっといただけます。ささやかな海の幸であっても、自然が家庭と直結したと思うだけでもその喜びは大きいものです。

また山の道に入れば、やぶからしや葛のつるに交ざって、からす瓜が赤くぶら下り、あけびの実が梢にからまりついて紫の口を開けています。あけびは綿を取り出してくるみの練味噌をつめて焼くと、仲々重厚な味になります。春の細い新芽のほろにがさにくらべて、余りの違いが不思議に思われます。

お寺や神社の銀杏の実を拾えるのも鎌倉なればこそ。銀杏に割目を入れて塩水をふくませたいり銀杏は食べ始めると切りがありません。食べ過ぎると吹出物がするとか、精の強いものと聞いていています。おいしくても二十粒位で止めましょう。

百合根は甘く煮ふくめたものもいいものですが、それにも増していいのが塩蒸しです。一枚一枚はがして塩水にくぐらせ、ふきんに包んで蒸し器で蒸します。かたすぎず柔らかすぎず蒸し上げることが大事です。熱い中にふきんをひろげると、外気に当って百合根の紙より薄い皮がむけるので、さめるのを待ってふきんから出しましょう。そのまま食べてもよし、更に、梅肉和えにしたりうに和えにするのも仲々によろしいものです。

（四十三年十一月）

酒のかん

木枯しが吹き始めると、「寒さが身にしみますなあ。帰りに一杯、おでん、かん酒とゆきましょうか」とさそい合わせ、かぶりつきでグッと一杯ひっかけ、肩のしこりをほぐして我を取りもどす。サラリーマン生活のうさ晴らし、息抜きの場所。はたで見ていて、ほほえましい風景です。「あら！　急に冷えてきたわ。今夜は鱈ちりにでもして、熱いのを一本用意しておきましょう。お風呂もわいたし、着替えもこたつで暖まっているし、そろそろ玄関の灯をつけましょうか？」これもまた暖かい家庭の風景です。冬の寒さと、暖めて飲む酒は、切り離せない生活の一部分でしょう。

酒のかんは「人はだに」、言うはやさしいが、いつもお好みに合わせて、どんぴしゃりとは、やっかい至極で女泣かせです。七、八人もお客が寄ると「おれは、ちょうどだぞ」「おれは、ぬるめにしてくれ」「こいつは熱かんと、あだ名がついているんだ。飛び切り熱くしてやってくれ！」てんでん、ばらばら注文を出します。

何をいわれても、ただハイハイと酒飲みの気分をこわさないようにと、心をくだいて立ち働いた、私は明治の女ですが、今の若いミセスなら、失礼な！　まるで侮辱だと、ご立腹で飛び出しかねません。自身が酒のかんもできないのを棚にあげて……。

　無理な注文も、すべてわが身の勉強と考え、今日よりは明日と日々の経験を自ら積みあげてきた者から見ると、物の考え方と実行力のたりなさから生じる不勉強は、今の若い家庭の婦人たちを、実力のたりない人間に作りあげ、さらに加えて、一向にそれが気にかからない所まで到達しているかのようです。その証拠に、私の家に集まる若い奥さんたちの中に、「酒のおかん、出来ないわ」「したことないの、主人がしますから」と平気な顔で、それが当然のことのように考えている人が多いのに驚きます。酒のかんが出来ますという人でも、酒を徳利に移して入れるのに自信満々、受け皿（昔は片口といいました）もせず、あふれこぼれても、さほど気にならぬらしく、お酒でぬれた徳利もふかずに、かんをつける勇気の持主がほとんどです。

　世の家庭の哀れさ、みじめさを察して余りあります。だんな様方よ！　温度計と申すちょうほうな物があります。それを最初から徳利の中にさし込んで好みの「かん酒」を召しませ。二合入りのびん詰めを用いれば徳利の必要もなく、底が平面の広いお鍋を酒のかん用に利用すれば、一度に幾本も、おかんが可能と申す訳で、忘年会、新年会などと、とかくお客の多い時節は、二合詰めの割当配給なら飲む量もはっきりして、ドライな若向きには一挙両得と存じます。
ただし、酒のみ運転は平にご遠慮願い上げます。

白玉の歯にしみ通る秋の夜の
酒は静かにのむべかりけり　　若山　牧水

（四十一年十二月）

あかまんま

にぎりずし

師走というのに鎌倉の山々は紅葉がたけなわとは……。急に楓でお客様を、と思いたつ。

「雑木の落葉で酒をあたためて楓をみる」

お客様たちは三々五々庭を歩き山を回り、落葉をたく煙に自然の佳さを語り合い、夕風に寒さを知る頃やっと座敷にもどって、いよいよたのしい会食が始められました。

今日は人数も多い事ゆえ「にぎりずし」にしました。栗材の食卓の中央に俎板を置き、その前方に春慶塗のつけ台をしつらえるのが私の包丁手前のいつもです。柳包丁と、程よく水をふくんだふきんが俎板の上に並び、右手には丹波の壺に、甘口と辛口のつめを入れ、はけをそえます。テーブルの下の膝前には手を洗うための水桶をしのばせ、右手側には酢めしと、手水のための酢の器を、左手側に種肴が氷の上の青竹の簾の上に並ぶのです。

四キロ位のまぐろの土手、かんぱち、ぶり、鯛、いか、赤貝ひも、平貝、青柳、みる貝、〆鯖、こはだ、げその順に並び、芝えび入りの手焼玉子と、うなぎの蒲焼（穴子の代用）、きゅうり、浅漬（ベッタラ）はそれぞれ器に盛り付けて置きます。わさびはこと更きれいに掃除され、それにはどっしりと手ごたえのあるアカ（銅）のわさびおろしが火で焼いて温めてあります。酢生姜は私の畑の手作りで白梅酢に漬けたものです。

相逢う歓びに先ず乾盃！

おつまみの数の子、黄菊のくるみ和え、芝栗の渋皮煮をつまんでいる間に、さく取りされ、作り身、そぎ身にひかれた肴が板の上に置かれ、つづく香り高いわさびが目にしむ。

お客様のあとは待ちかねた家の者どもが、入れ替わり立ち替わり板前に並び、小学四年生の孫の「俺これで三十九だ、もう参った」に、だれかの「もうひとつ食って四十にしろ！」で大笑い。

それから民謡、小唄、軍歌などの座興がはずみ、満ち足りた思いで師走の夜は更けてゆくのでした。

（四十二年十二月）

師走

なまけたつもりは無いのに、あれもこれもやり残しのふがい無さ、今年もはや師走です。

さて、諸事万端手間暇かけて今更おせち料理でもあるまい、年始のお客の屠蘇もはぶいて水割りで結構、いっそ何処かへ逃げてゆっくり温泉にでもつかるか？……ふと思い立ってみたところでこの節は、家に居た方がよほどましだったと後悔するのが落ちです。

朝風呂でも沸かして、ブラブラ八幡様にでもお詣りして、お餅でも焼いて食べていた方が安全で体が休まります。

もう、いい加減にお重詰は廃止ときめても、孫たちのため、日常寸暇もなく働いている妹たちからお姉さんのお重詰食べたいわ、と電話がかかると、若い人たちのために相変わらず重詰作りは襷がけと相成るわけです。

物心ついてから六十年食べなれ、年頃になり手伝い始めてから五十年、同じような物を作っていながら、今年こそはと思いながら、満足がゆくように作れないのが不思議です。きんとんの照りが足りないとか、魚の味噌の焼目が気に入らないとか、黒豆にしわがよったとか……。

わが家の正月料理の品がきは左のようなことです。

〔お祝儀〕数の子、ごまめ、黒豆、大根なます、たたきごぼう

〔お口取り〕栗きんとん、かまぼこ、錦玉子、昆布巻、魚の味噌漬、鳥の照焼（雀、鴨）、寄せ物、あんずまたは金柑の甘煮

〔お煮〆〕焼豆腐、蓮根、ごぼう、こんにゃく、里いも

〔酒の肴〕このわた、いくら、いか塩辛、たらこ、粕漬、鮭くんせい、氷頭、なまこ、くわい煎餅、自然薯、百合根、銀杏

〔吸物〕鱈昆布、はまぐり

〔来客用〕豚角煮、おでん種色々、予備に、すき焼、おすし等はいつでもできるように……。先ずざっとこんな具合です。

昔はこれに鯛のお頭付と伊勢えびがつきものでしたが、今は有る時勝負。山のように用意しても七草にはごまめと黒豆がちょっぴり残るだけです。

（四十三年十二月）

年末の台所ごよみ

十二月は、忙しい年末にお正月の準備や、冬野菜のつけ込みなどで、何かと気ぜわしく、あわただしい毎日です。あらかじめ予定を立てて、早め早めに家事を進めて、ゆっくりとした気分で大晦日を迎えたいものです。

そこで毎年くり返している私の台所ごよみをひもといて、お正月を迎えるまでの買い物や、台所仕事のあれこれをお話しましょう。

●暮れの買い物計画

十二月にはいったら、野菜や魚の相場を絶えず注意して見てください。しかし、値が安いからといって飛びついてはいけません。

たとえば白菜ですが、毎年十一月の末から十二月の初めにかけて、非常に安く売り出されることがありますが、これは早生の白菜で、葉先がとがっていて、切ると芯に花芽が出ているものです。これらは塩づけなどの貯蔵には向きません。

白菜は概して寒い地方のものがおいしく、中くらいの大きさの、頭が詰まって、巻きのしっかりした重いものがいいのです。だいたい十五日から二十日ごろまでに大量に購入して、塩漬けや、朝鮮漬けにします。そのままとっておく場合は、何重にも新聞紙でくるんで、立てかけておきます。

白菜のほかに、腐敗の心配のない八ツ頭、里芋、さつまいも、じゃがいもなどのいも類、ごぼう、にんじんなどの根菜類は、いい品が出回ったときに、早めにまとめ買いしておきます。暮れが押し詰まると、値上がりしているうえに、いい品もなくなってしまいます。

八ツ頭、さつまいも、ごぼうなどはしなびやすいので、寒さから保護してやらなければなりません。土中にいけるか、湿りを与えた新聞紙に包んで、その上から乾いた新聞紙で包むようにします。

根菜類の中でも、蓮根はとてもいたみやすいので、他の葉物野菜などといっしょに二十九日か三十日ごろに買って、すぐに火を通しておきます。

また、比較的値動きの少ない、ごまめ、黒豆、小豆、大豆、するめ、昆布、かんぴょうなどの乾物類は、業者がだいたい十二月五日ごろまでには暮れ用の商品を全部仕入れていますから、十日ごろまでに、いい品をゆっくり吟味して買っておきましょう。

ごまめは総州（千葉県北部）物より、房州（千葉県南部）物のほうが、肉が厚くていいようです。三センチぐらいの大きさの、光沢のあるものを選びます。

黒豆や小豆は、毎年きまって丹波の篠山から送られてきます。質の面ではいちばんいいとされていますが、品不足で、なかなか手にはいりにくいようです。いずれにしても、良質の、はち切れそうにまるまるとしたものを選びます。

昆布は、煮昆布とだし昆布をそれぞれ使い分けています。煮昆布には北海道の日高昆布を、だし昆布には利尻の青ひも（青く染めたひもで結んである）か、いちばん上等のおだしをとるときには、白く粉をふいた根室のねこあし昆布を使っています。いずれも、色は黒みを帯びて肉が厚く、よく乾燥したものが良質です。

最近は、着色料を使用したものが出回っていますから、品質表示をよく見て、そういったものはけっして買わないという毅然とした態度を持っていただきたいと思います。

昆布巻きに使うかんぴょうも、白く漂白して機械で干したものが出回っているようですが、これなどもやはり、昔ながらのぞうげ色をした天然干しのものを選んでいただきたいものです。

そのものの本来の姿を知り、いんちきなまやかしものはいっさい買わないこと以外に、さまざまな食品公害から身を守るすべはないと思っています。私たち消費者一人一人がもっと賢くならなければなりません。そして、買い物は専門店を利用なさることをおすすめします。

●掃除と道具類の下調べ

ところで、年末の家事をスムーズに進めるために、畳を替えたり、障子をはり替えたり、庭の垣根の手入れなどの大きな仕事は、十一月中に手配して、早めにすませておきましょう。掃除はふだんから心がけて、年末だからといってなにも大掃除をしなくてもすむようにしたいものです。月初めの比較的暇なときに、ふだんは手の届かないような場所を、丹念に掃除しておきます。

また、十五日ごろまでに正月用の道具類を全部取り出して、一応下調べをして、台所や食堂の食器棚に納め替えます。

塗りのお膳、重箱、お椀、お銚子、杯、それに取り皿など、わが家ではもう何十年の間、代々伝わる道具類でお正月を迎えるならわしになっています。ときには、気に入って買い求めた食器を一、二点新しく加えることもありますが――。

取り出す道具の一つ一つに、今年のお正月のことを思い出し、過ぎ去った一年のことをあれこれ思い浮かべて、いっとき楽しい時を過ごします。この時いっしょに木箱のいたんだところを補修したり、真田ひもを付け替えたり、すれたりかすれたりしている印書きを補足したりしておきます。

塗り物は、梅煮したつやぶきんでふき上げると、とてもよいつやが出ます。これは、五、六月ごろ、落ちた青梅やくずの青梅を一・八リットルの水に三十粒ほど入れてほうろうの鍋で煮て、柔らかくなったら取り出し、その煮汁にふきんをひたして、あとはよくかわかしておくのです。使ったあとは洗ってしまっておき、また梅の時季に煮直して、何年でも使っています。古くなったら障子のさんや、敷居をふくのにもよいですし、とても重宝しています。梅煮したふきんには必ず毛筆で〝梅煮〟と書き込んでおきます。

私がいつも心がけていること、それは、私が何十年と続けてやってきたことを、次の代に伝えなければならないということです。母から娘へ、娘から子へと、母親である私たちが伝えなくて誰が伝えていくのでしょう。なにも口で言わずとも、無言のうちに自分の行動が自然に伝えてくれるのだと思っております。

たとえば、お正月の輪飾り一つにしても、毎年きちんと箱に入れてとっておき、誰でも暮れに取り出してそれを見て作れるように、作り方もメモして入れておきます。新しいものができたらはじめて古いものを捨てるという生活習慣を、若いころから心がけております。

ちょっと話がそれてしまいましたが、道具類の下調べをしたときに、早めに雑煮箸や箸袋、青竹の三つ組み箸（両細、中節、とめ節）などの正月用品も、少し多めに買いそろえておきましょう。

●冬の漬け物

最近、食べ物に季節感がなくなって、中には一年じゅう出回っているものもあって、それがその食べ物を魅力ないものにしてしまっています。

元来、野菜や魚などには旬や季というものがあって、昔はその時以外には食べないものでした。旬や季のものは、安くて、そのうえおいしいわけですから、それぞれの野菜や魚の旬や季を心得ておくことが台所を預かる主婦の務めでございましょう。

四季の材料を上手に食卓にのせるために、一年じゅうの台所仕事が、月ごとにだいたい決まっています。

たとえば、十二月は、いかの塩辛に白菜の塩漬け、白菜の朝鮮漬け、大根の酢漬け、大根のはりはり、高菜漬け、かぶらずしのつけ込みなど、いろいろの漬け物作りのほかに、クリスマス料理や、正月料理の準備があるわけです。

白菜の塩漬けにとうがらしはつきものですが、必ず枝つきのものを求めて、風通しのよい軒などにつるして、充分乾燥させてから使います。とうがらしは本来、辛みづけと共に、防腐剤の役目を果たすもので、まるのままつけ込むのが理想ですが、経済的に切って使う場合は、種子の辛みで白菜の味がそこなわれますから、種子をざっと振り落としてから使いましょう。だいたい二週間たてば食べごろで、切り口を上にして盛り付けて、柚子、すだち、橙などを必ず絞って、醤油をかけていただきます。

いかの塩辛もやはりたいへんおいしいものですが、寒のうちしか食べないことにしています。いかは鮮度のよい、冷凍物でない地のいかを使います。

いか一杯分にとうがらし半本、生姜の千切り一つまみ、柚子の薄切り五、六枚、食塩大さじ二の割合でわたと混ぜます。こうすれば、塩辛のきらいな人でも、柚子の香りで生ぐさみが消えて、おいしくいただけます。

●お正月料理

新しい年を迎える祝膳には、昔からのしきたりにそった、なにか年のゆずりと思えるものをそろえたいように思います。

子孫繁栄、豊作、健康などを意味する、数の子や、田作り、黒豆などの祝儀ざかなをのせた膳を囲んで、家族そろって健康と幸福を祈り、改まった気分で、新しい年を歩み出したいものです。

わが家の正月料理も、ごくあたりまえのものばかりですが、柿なますは生柿ばかりでなく干し柿でも作ります。そのときは、干し柿の種子を取って一口大に切って味醂につけ、大根おろしを添えて、二杯酢をかけていただきます。

ほうぼうで干し柿をいただいて、家族の少ないわが家ではとうてい食べ切れないときの保存策の一つです。一週間でおいしく食べられ一年たっても味が変わらず、とろりと柔らかくなって、お煎茶やお抹茶で一服というときのお菓子にもなって重宝しています。干し柿も、白く粉をふいて黒みを帯びた本物のころ柿に限ります。

お正月料理だけでも、重詰めにして二十種余りのものを作りますが、私が料理をするときにいつも心がけていることがあります。それは〝五味完味〟ということで、つまり、甘い、辛い、すい、苦い、鹹い（塩辛い）の五つの味が、全部取り合わされているということです。一つの料理が五味を完味しているということではなく、いろいろな料理を合わせての五味完味ということです。

これは、日本料理の基本であり、これがそろっていなければ料理でないと思っています。ぜひこのことだけは、心がけていただきたいと思います。

●大晦日

二十八日に鏡餅や輪飾りを飾り付け、二十九、三十日の二日間でだいたいおせち料理を作ります。三十一日は、おせちを煮上げて重箱に詰め、お雑煮や吸い物用のだしを元旦の分だけでも二斗（三十六リットル）ぐらい作り、なますを打ちます。これでやっとお正月料理の準備が完了しました。そして、何人かの恩人や親戚の家に、いま詰めたばかりの重詰めや折詰めを届けて帰ると、もうあとは、年越しそばをいただいて、静かに除夜の鐘が鳴るのを待つばかりです。

（四十六年十二月）

くわい

お正月

新年おめでとうございます。

一歩一歩老化現象を帯びて、そろそろあやしくなり、無様な恥をさらさぬうちが花とは心得ながら、またまた食い気の話とご縁が切れないことに相成りました。

故柿沼桂堂博士は「人間にとって最後まで残される幸せのひとつに味覚の喜びがある。足腰が立たなくなっても味覚の感想は衰えない。むしろ老境に入ってますます進歩する事実を度々見ることがある。これは老人にとって最大の救いであり、神のお恵みでもある。それ故、老人の食いしん坊を、おかしいと笑ってはなりません。つとめて色々の物を食べさせて上げる事こそ大切であり、当然でもある」とうかがいました。「へえ、そんなものかな。家にも年取ったおばあちゃんがおられるが大いに気を付けなければならない」と認識を新たにしたのが、つい十五、六年前。今ではその後継の食いしん坊ばあさんが出来かかって、何はなくとも、日々平凡、好きなもの、おいしいものを食べられる健康と味覚を持ち合わせた幸せに感謝している次第です。

食いしん坊だからこそ、次々とうまい物を見つけたりごちゃごちゃ作ったり、おふるまいや、お福分けに年相応のたのしみを味わう幸せな毎日です。

これ見よがしの色美しいお菓子や、立派すぎる果物などより、むしろ名も無い片田舎のお万頭や、あめ、自然と共に成長した海山の幸に心をうたれる今日この頃です。

霜の朝、肩かけに身を包んで、庭先のなずな、ごぎょう、せり等を摘み取り、土鍋の中の真白いお米がコトコトの花が咲く中に、こまごまにきざんでぱっとはなし三、四分むらして、好きなお茶わんにすくって、とろけるような手作り梅干、寒の生海苔の佃煮などで、若菜の香味を味わいつつ、小かぶのあちゃらのひやっと冷たい感覚、そんな喜びが一日中を幸せにしてくれるよすがになるのです。

味の喜びとは、本物に接した時、無限にひろがるもののようです。

（四十四年一月）

かぶらずし

昨年末の暖冬でかぶの漬かり加減が思うようでなかったが、との言葉ぞえがついて、今年もまた金沢の大友様からかぶらずしが届きました。かぶとぶりの出合いで自然に醗酵した酸味のうま味、花型のにんじん、小えびの甘さ、まことにまことにうれしい味のひとつです。関東地方には大かぶが成育しないのと、暖かい鎌倉地方ではかもし出せない味で、送っていただけなければ味わうことの出来ないもので、珍重しないわけにはゆきません。

元来お江戸生まれの私が「嫁しては家にしたがえ」の昔流で一生懸命主人のお国流（石川県。それも明治初年祖父の時代に東京に移り来て現在金沢には縁者が絶えています）、食べ物、殊にお正月料理を口伝えに作り続けて来たものの、本格的な金沢の家庭料理はだれからも聞いた事も、食べた事もないのです。

伝統料理を伝える大友様の調理法を聞いては真似る位が関の山であったのです。

昨年末何にもましてうれしいことがありました。

年末まで正月料理の放送をいたしましたが、その中にペロペロという出汁と玉子と寒天で固める関東のにこごり風の一品があるのです。金沢人はこれがないと正月料理でないというものだそうです。江戸の私には、金沢のペロペロよりにこごりの方がおいしいと思っていたのですが……放送後間もなくNHKから電話があり、あるお方からペロペロには生姜のしぼり汁を入れるのが本式であるとのお知らせがありましたと伝えて来ました。私は本当にうれしくて、早速そのお方に電話で厚くお礼をのべ、色々教えていただきました。家庭料理の秘が伝えられていたご家庭からのご親切なお教えを受け継いで、本年は家のペロペロにも生姜のしぼり汁が入りました。

すっきりと得心のゆく味に、これでペロペロの意味が解ったような気がしました。

心温まるご親切で、六十の手習に本年もまた一そうはげむ心づもりです。

（四十四年二月）

酒のさかな

忘年会続きで酒の気が切れる暇もあらばこそ一夜明ければお正月。お年始まわりに引き続き新年会、なにはともあれ一年のかき入れどきと、よっぱらい天国といわれるお国柄だけにみごとな大トラ、小トラにお目にかかります。

〃白玉の歯にしみとおる秋の夜の酒はしずかにのむべかりけり〃このようなしみじみした酒の飲みっぷりの人があったとしたら、燭台にあかりをともし、足付き膳に塗りの杯、心入れの肴を盛り合わせ、目にしみ入るような白足袋の足のさばきもしずかに膳をはこび参らせんものをと思うは高過ぎる望みか。あこがれに似た気持か飲むほどに酔うほどに我れにあらずなり、あたら百薬の長なる霊酒に気狂い水の汚名を着せなければならぬはめに立ち行かぬことこそ望ましいのだが。

気持よく飲んで気持よく食べてもらうには、さてどうしたらいいでしょうか？　酒の肴があまりおいしくて一献また重ねて一献、行きはよいよい帰りが怖い！　ここらあたりが奥さまの悩みどころではないでしょうか？　気持よいところでお酒をきり上げさせられる酒の肴がないものでしょうか。もしもそんな肴が発明できたとしたら、世のため人のためどんな幸をもたらすでしょう？　飲み屋さんや酒屋さんからお小言が来るかな？　山のような山海の珍味を並べ立てるのがごちそうと思うのが、そもそものまちがいです。時に応じ機に望んで、お燗のつく間にほんの有合せで、つき出しの二、三の才覚がつかなくては困ります。

とかく酒飲みと申す者は最初の杯を一口、口にするまでが待ち遠しく、非常に気が短かいものなのです。客の顔ぶれ、人数、時間が決まっているのならいざ知らず、時ならぬとき友だちを引き連れ、まあまあ俺の家で一杯なんてときがたいへんなのです。こんなときに限って店やが公休日だったり、取りおきの材料も出払ってしまっていたり、世の中はちょっと意地悪くできています。

ああ困った、なんにもない！　と心の中でほぞをかみつつ、食卓をいそいそとふき、杯を並べ、湯の湧く間にちょっと有合せをひねり出さなくてはなりません。奥さま株の上がるのも下がるのもこんなときなのではないでしょうか？　喜び、悲しみ、悩み何につけかにつけ酒はつきものです。歌の文句ではありませんが、酒飲みの気になってやることが、なににもまさるごちそうなんです。何はなくとも、いそいそとお酒の支度をすることが第一。

おつな酒の肴というのは、さらりと気がきいてそのへんにころがっているものをなにげなく小ぎれいに盛り付けたり、よしまた金がかかっても、それを表面に出さないものだろうと思うのです。五味すなわち甘—苦—辛—酸—鹹、この調和をあんばいして、これに油と香りを加えられれば上の上と申されましょう。

ことに日本酒によく合うものは塩味です。うるめの丸干し、一塩の干物、香ばしく焼いたたみ鰯にさっと一はけ醤油をはいたり——。だがしかし、干物の焼き方が物をいいますからこんがりと持ち味をこわさぬことが肝じんです。

お漬け物のたぐいをさまざま取り合わせることも効果ありますが、冬場なら白菜の漬けかげんのよいものをみずみずしく盛り合わせ、柚子なら二つ切り、橙なら四つ切りにして添えてください。好みだけしぼり汁をかけ、醤油をかけて食べるのです。白菜に柚子の酢が、こんなにもすばらしい味を出すものかと新しい発見をされるでしょう。

糠味噌の大根葉の古漬けを細かくきざんで塩けの抜けるほど水にさらして、香ばしい荒ずりのごまに味醂と醤油だけの味付けをしてくるくると和えてみてください。野菜かごの中からじゃがいも、またはさつまいもを一個取り出し、ごく細く千切りにして薄塩をあて、水で洗い、きゅっと堅くしぼり上げて合せ酢をかけ、花がつおをこんもりかけて出してみましょう。こんなものでも急な場合は箸休めの役に立ちます。

いよいよなんにもなければ、味噌におろし生姜と七味を混ぜ合わせ、おせんべいくらいの厚みにして両面をこんがり焼いてみましょう。

柚子を縦二つに切り、横にごくごく薄く切ります。厚いのはいけません。桜紙のように薄く切るのがたいせつです。種をはずして皮も実もいっしょに小鉢に盛り、白砂糖をたっぷりかけます。食べるとき少量の醤油をかけて、全体をよく混ぜ合わせます。こんなものと不思議に思われるでしょうが、ねっとりと柚子の香と酸味と甘味が混然ととけ合って、すがすがしい味がかもし出され、口中さっぱりとすずやかさがみなぎります。だまされたと思って一度おためしください。

銀杏に割り目を入れ、煎りたてのあつあつを出して、もうろうとした神経をアチチと呼びさますのもまた一興です。

すじ子の粕漬け、たら子の酒漬けはおいしいには違いありませんが、常備しておくには少々ぜいたくです。

塩鮭の頭の氷頭《ひず》なますなら安心して常備できましょう。大根おろしに添えても、紅白の、大根、にんじんなますにしてもご自由ですが、針生姜と柚子の皮、またはレモンの皮の薄切りをほんのちょっとあしらうだけで絶品となります。

また、ごま油で卵の薄焼きを作り、細い錦糸卵にしておろし大根の上にたっぷりかけ、柚子、橙、すだちなどの三杯酢をかけていただきます。

さつまいも、れんこん、昆布、銀杏などを油でからりと揚げ、秋なら真っ黄色ないちょうの葉やもみじの葉を添えて吹き寄せる、お正月なら松葉か梅の一輪を添えればふぜいのあるものとなりましょう。

つぎつぎと金も暇もかからぬ酒の肴は数かぎりもありません。四季の物に恵まれた日本に生まれて、身近にある材料にちょっとした心を止めれば、こんなにも楽しく物を作り出せる幸いを感謝せずにおられません。


（三十九年一月）

つばき

鮒味噌

寒の入りと暦を見ただけで思い出しているのが鮒味噌です。重厚な味の深さ、しみ渡る滋養分の密度の高さ、そして後口の淡白さ。殊に年配の者にとっては最高の貴重な糧として賞味されてよい物です。そして店の物と手作りでは、これまた月とすっぽんの違いが生じるのはどうしようもない事のようです。作り手が少なくなった今となっては、唯一人の鮒味噌作りの名人であろうと思われるお人が、愛知県津島に住んでおられます。

さて鮒味噌を煮る為に津島地方には、鉄製で内側は瀬戸引きにしてある特別の大鍋があります。竹で編んだ敷かごを中に置いて、寒鮒の二十センチ～二十五センチ位の丸々と太って産卵期の腹子のいっぱいつまった鮒を煮るのです。源五郎鮒、平鮒、真鮒、いずれでもよいのですが、鮮度の良さがまず第一条件で、ピクピクパクパクしていなければなりません。それに酒、赤ざらめ、八丁の粒味噌、鮒の上置に大豆をガーゼの袋に入れて重石の代わりとして、味噌汁位の薄さに仕立てて、火加減に注意しながら一昼夜煮続けるのです。

鮒は姿のまま煮上り、味噌汁は品の良い甘さで、とろりと、こってり照り輝いて、大豆はふうわりと柔らかく、鮒は頭、えら、うろこ、骨までとろけるように柔らかく魚身の煮締り具合、殊に腹子に至っては説明のしようもないほど素晴らしいのです。これを初めてご馳走になった時はその味が忘れ難く、二、三日はどんなご馳走を見ても駄目でした。

その鮒味噌が今年も大寒に届きました。歌のように歌い続けていたその味を私たちだけではとてももったいなくて、一口ずつだけでも味わっていただきたいと、食いしん坊で味の勉強に一生懸命なお方々に電話招集をかけました。つめたい寒風もなんのその、ニコニコ顔が次々と集まって目を見張り、口を動かし、おいしいお話の輪はひろがって、いつ果てるとも知れませんでした。

（四十六年一月）

りんごジャム

正月や節分は、神社仏閣への参拝の人出は目を見張るばかりです。

雪ノ下の教会の神父様がひきもきらぬ人の行列を眺めて「こっちへも寄らないかなあ」と、思わず口に出されたので、戸惑った私は、ただ笑いですませてしまいました。

さて、立春も過ぎると、りんごの風味も変化を始めます。変化のこないうちに、素晴らしいジャムの話をいたしましょう。このジャムは、ベルギーの神父様から教わりました。聞いた通りしてみましたら、最高のりんごジャムが出来上りました。

りんごは種類を交ぜ合わせた方が複雑な味が出るそうです。

りんご一、水一、砂糖一の割合に材料の用意をいたします。

りんごは丸のまま。軸も付けたまま、農薬が付いていますからよく洗います。

鍋はホウロウ引を使います。私は漬物用のを代用しています。

りんご三キロに、水三キロを加えて中火で煮始めます。煮立ったら弱火にして、コトコト三時間くらい煮つづけます。りんごがブヨブヨに煮えますが、皮が破れるのは火の強い証拠ですから注意します。熱い内に布袋に全部を移し入れ、袋をつるしてたれ落ちる汁を受けます。一滴も落ちなくなるまでには相当な時間がかかります。私は夕方から煮始めて、一晩つるしておきます。

そのりんご汁を元の鍋に移して、今度は強火で煮立てます。りんご汁が三分の一くらいに煮つまったら、砂糖を三キロ加えます。白ザラメなら最高ですが手持ちの砂糖で結構です。砂糖を加えると、汁は美しいルビー色に変わります。木しゃもじでゆっくりかき回しながら、火を弱くして煮つめます。浮き上る泡をていねいにすくい取りましょう。とろみを帯びてきたらレモン二個分のジュースを加えて出来上りです。

とろみ加減が過ぎても不足でも具合が良くないのです。完全にさめた時、水飴のやわらかな状態であれば上々です。

（四十三年二月）

パンジー

ちょっとお小言

電気製品

八月中旬、ある家庭電器会社の好意で、軽井沢の山荘に一週間のおよばれをしました。

さすが電器メーカーのしつらえただけあって家庭電気製品のほとんどすべてそなえてあるのは当然ですが、日頃目につく物と言えば、テレビと冷蔵庫位のわが家の生活にくらべると、器具の中に置かれたようで落ちつかなく、こんなにも揃いすぎてしまっては、「女不用」を見せつけられたようで思わずふき出してしまいました。

冷蔵庫の中には肉類、魚類はもちろん、野菜、果実、飲み物、乳製品、キャンディーまでぎっしり入って至れり尽せり、全くもって今時こんなありがたいご招待をいただくなんてと、お友達とびっくりしゃっくりでした。

早速夕食は冷凍料理を電子レンジで解凍してみましょう。

珍しいづくめでスイッチ押したりひねったり、子供のようなさわぎでした。配膳万端とどこおりなく、時間を計ってテレビ料理なるアルミケース入り料理を電子レンジに入れてスイッチを入れました。ビールの栓を抜くか抜かぬうちにチーンと出来上りの合図、引きかえに野菜を入れて席につき一口ほお張ったところでまたチーン、あわてて立ち上り次と入れかえて戻り野菜の状態を皆で見ているうちにまたチーン。立ったり坐ったりその忙しい事。なれぬ私はチーンの度に「ハーイ」と返事までして一同大笑い。

そのテレビ料理なるものの味の結果ですか?

充分結構に味つけもされて、いただけるにはいただけました。インスタントになれたお人ならまあまあでしょうよ。けれどなんとまあ後味のわびしかった事、おいしいまずいなど問題外の感じでした。

わが家の味で調理した物を冷凍保存して、時に応じてレンジで解凍する、これなら忙しい主婦の福音となりましょう。

しかし一切自らの手をかけずに食事をするこのむなしさ、明治者の私にはわびしくて、そのむなしさだけが残りました。

私が電気冷蔵庫や掃除機等使い始めたのは終戦後で、アメリカの知人から譲り受けた中古品でした。残念ながら馴れそめの性能が習い性となって以来、国産の家庭用電気器具のほとんどに対して訴えたい、叫びたい不満でいつもいっぱいでした。

何のために「家庭用」と名付けて一段も二段も格下げした内容しか持たない製品を作るのでしょうか？

外観ばかりは彩り、デザイン、アイデアを毎年変えてPRを大にし消費欲をかき立てるが、内部の機能の心臓部の重要さについては進歩も前進も認められない、ボディーの大きさに比例して、内積の貧弱さも不可解なひとつだし、ドアーに密着している断熱ゴムの質と量の違い、ケース台の金具類、そしてその取り付け方の粗末さ、デパートの売場で、国産品と、外国品を開け閉めして比較すれば一目瞭然であるのに、日夜冷蔵庫を利用される婦人たちはそれに気が付かないのでしょうか？

最近冷蔵庫の必要にせまられて熟考の末、業務用厨房メーカーに小型の業務用を作らせてみました。その結果は大成功でアメリカの中古品なんか蹴飛ばしたくなるほどで目下大満足です。

第一、費用の点が気に入りました。ステンレス製で内積がたっぷりしていて、柵の仕切りの開閉で各段の温度の調節も可能な点、全く笑いが止まらないとはこの事です。

国産品の立派さも証明されて胸の中のしこりが解消した事が何にも増して大きな喜びでした。

外観を主体とする家庭用、内容を主体とする業務用、これはあらゆる家庭用品に降りかかっている盲点であるのです。

七〇年を迎え、国力の発展と共に家庭婦人もこの辺で良い意味の飛躍をしようではありませんか。そしてその力で日本の電気製品が国際市場で堂々と勝ちを納めるところにまで持って行きたいものです。

（四十五年二月）

お中元

史上最高のボーナス景気で各デパートは連日大入満員と報じられています。売上高は幾十億円の単位であっても、金の値打が上ったのではなく、下ったので、さして驚く金高ではないはずです。物のねうちの下る方が心配の世の中ではないでしょうか。

外観にとらわれる悪習慣にがんこにしがみ付いている故に、お中元の品々の中にはまことに、不思議な兆候が現われています。上げ底、下げ蓋、中枕にとって代わって登場し始めたのが紙包みと仕切ケースとなり現われてきました。

ちいっぽけなかきもちを一枚一枚紙で包みビニールの底敷、上置、仕切ケース、罐の外包み、意匠こらした品書が三、四枚、その上に更にデパートの包紙、紙を全部一まとめにして紙代を計算すると、中身よりも紙代の方が高いように思われます。かきもちよりも紙をいただいたような気がして何ともやりきれない気持です。

ところが去年あたりからもっと変な事が始まりました。瀬戸物の器に佃煮が入っているのです。中身はおしるし程度で何種類かの佃煮が器に入り、立派な木箱に並べられているのです。中身より器の方が高いのではないでしょうか。それならいっそ器だけをいただいた方がましと申すもの、中身を食べたあとも役に立つとの心づもり商法とも考えられますが、帯に短し襷に長しで、役に立ったためしがないのです。

今日も中身の十倍位の外観みごとなお中元が届きました。ケースの中側に発泡スチロールのケースがはめ込みになって、錦手の色模様あでやかな器の中に一握りの佃煮が入っていたのです。栄養の分類報告、推奨状、珍味の品書等々、印刷代だけでも大変な金高でしょうに……。

なぜこんなことまでしなければならないのでしょう。

自信のある品なら、単なるびん詰でいいでしょうに……。

無駄をしては罰が当ります。

（四十五年八月）

伊豆、三浦、房総半島沖に帯状に居坐っていた冷水帯の故か、この夏の鎌倉は例年よりしのぎやすく、海を渡り山を越えて吹いて来る風が冷たくて、西向きの窓を開けておくとさすが鎌倉と思います。

東京方面から出向いて来られるお方たちはしばしこの風に吹かれて胸深く息をたのしみ、やはり鎌倉の風は涼しいですね、駅に降り立つだけでもちがいます、と言われますが……、いつまでもどうぞそうあって欲しいと願わずにいられません。このところ東京を始め、あちこちで公害スモッグにおそわれて生命の危険すら感じられ、海水河川のヘドロは魚たちの生命をむしばんで棲息不能に陥らせています。

自然の美しい神秘、尊さ、恐ろしさをわきまえぬ人間のおろかさは、自分で自分の首を締めることと同じような事に立ち到ろうとしています。秩序の無い自由、平等、権利の主張の勢いに躍らされて今や日本人は心も体も公害ならざるもの無しとなりつつあるようです。「衣食足りて礼節を知る」街に満ちあふれんばかりの衣料、その他雑多な物資は売らんかなの企業の策略、山のような食料品は人間が食べて血となり肉となるためには余りにもお粗末な見てくれ物が多く、本物を探すのに苦心します。消費は美徳とか、そんな言葉の魔術にかかって物を粗末にする、浪費は金も暇も人の心までもおしげもなく使いっぱなしがあたりまえで、別になんとも思っていない等々。どこにいってもレジャーの人たちでいっぱい、こんなに日本人に暇とお金があるのでしょうか。どう考えてもわからない事だらけです。

行政、企業、学問は人類の幸福のために行なわれ、発展前進をみちびくためのものであるはず、なんの心棒が狂ったのか輪廻のわだちは雪だるま式の悪循環のそのままをまっしぐらに走り、更に加速度が加わってその行くところを知らずのありさまです。あなおそろしや。

（四十五年九月）

お菓子の甘さ

私たちのお勉強仲間の一人、佐藤光代さんが先頃スイス、ドイツ等の旅行からお帰りになりました。いつくしみ育てられたお嬢様が結婚式をスイスでお挙げになるための、お喜びの記念旅行でした。前途有意の若い日本のカップルがこれからの日本のために海山の良い勉強をされてお帰りになられることを祈って心からご祝福いたしました。

滞在中のお宿は新郎新婦の恩師やお親しい良家のご家庭からのお招きを受けられた由。旅行中のお便りには「二人の新居は広い庭のあるお家の中の一部分で、果物の木が沢山あって、たわわな黄桃やプラムが木の上で熟して落ちて来るようなものをちぎってすぐ食べられる自然の中でございます。木で熟したもののおいしさ、食べさせて上げたいようです」とありました。遠い国で新婚生活をおくられるお子たちを残してもここなら安心と見とどけられた、やさしい佐藤さんの親心が感じられて、その絵葉書は未だ私の机の上に置いてあります。

帰国されてまず開口一番「驚きました。うそつき食品がひとつも無かった事です。そしてお菓子の甘くない事、パンのおいしさ。バターと牛乳、あれが本物なのですね。ホームメイドのお菓子は果物の持ち味をそのまま生かして煮たものを、私たちには考えられない位の砂糖気で沢山食べること、シュークリームのカスタードクリームがお料理に使える位の甘さで、生クリームも砂糖を加えずに泡立て、テーブルに置き、各自が好みの砂糖をふりかけていただくのです。今まで私たちが食べていたお菓子はいったいなんだったのかと考えさせられました」

まだまだ沢山お土産話があります。けれどもお土産話だけで終らず、私どもは佐藤さんを囲んでこれから一がんばりも二がんばりも勉強する事にしました。甘くない、おいしいお菓子。うそつき食品を、日常生活の中からひとつでも二つでもへらす事が出来るようにと……。

(四十五年十一月)

荒巻鮭

正月用生鮮食料品は、ほとんど二、三割方値上りの見通しです。未だに大根が一本百円もするありさまでは、たくわん漬にも影響する事でしょう。「お茶漬サラサラたくあんポリポリ」が昔語りになり兼ねないとは情けない。その中に在って塩鮭が横ばいの価格とか、お歳暮と荒巻は年末風景の花形だけに「はてな」と首をかしげました。いろいろ聞いて見ると、一切れの値段が生魚と変わらないのならその方を買って、フライ、バタ焼、煮たり、焼いたりした方が利用価値が広く、野菜の付け合わせもバラエティにとみますし、塩鮭ではお清汁も作らなければならず付け合わせにサラダをそえるわけにもいかず、むしろ冷凍の生鮭の方が調理のやりくりが可能でよい位なので……、全くお説ごもっとも、その通りです。

新荒巻鮭と称しても近年の塩鮭は、本来の姿と全く変わり、昔を今に返す由もない味になりました。冷凍法が完備したので薄塩（水分が多いので目方がかかる）で保存し、荷出しの時、腹に塩をつめて塩鮭となるのです。ポリ袋に入れ、消費者の手に渡る時は塩水がたまり、腹身がやけにしょっぱく、背肉の方は生鮭同様の薄塩が多いのが近年の塩鮭です。

荒巻鮭と申すものは漁場で直ちに塩をあてこもに包み、押しをかけて鮭の肉の水分を出させ身を〆めて造るもので、むっちりとすき通るような、身の締りが無くてはならないものなのです。それを丸のまま洗って、一晩水に漬けて塩出しをして尻尾をつるして北風にさ干し、入用分だけ切って焼いて食べるのが荒巻なのです。さ干すので皮がこわくなって、焼くとパリついて、鮭は皮がおいしいと言われる状態になるのです。

風土、気候につちかわれながら最高の経験と知恵で造り出された方法が、また、ひとつ消えそうで、本当にせつないほど淋しく思います。古代の荒巻の手法を守り通して水揚げの少なくなった鮭と取り組んでいる三面川の鮭（新潟・村上地方）を今年も送ってもらう事にしましょうか？


（四十五年十二月）

駅弁

花見時をやり過しゴールデンウィークに引っかからぬように、人出の季節をさけて金沢へ祖先の墓参りに出かけました。

今回は手弁当を提げずに、駅弁旅行をしてみようと、まず東京駅で幕の内とお茶を求めて入りました。横浜を過ぎる頃、たのしみに入念に紐をほどいてふたを取ると、色とりどりの小綺麗なお弁当で、折詰はたのしいもの、さて何から先にと箸を動かし始めましたが、はて箸が迷います。かまぼこ、玉子焼、むし焼鮭、えび天、青い蕗、白い酢蓮根、たけのこ、うずら豆、一通り品数は揃って立派なはずなのに……、何故か全く薄味になりすぎて、折詰弁当の味に遠くなってしまっていることに気が付いたのです。せめて蕗や蓮根だけでももう少し、しっかり味がつかないものでしょうか。幕の内のにぎりめしがこれでは塩もなくて二、三個しか食べられません。残念ながらほとんど手を付けぬまま席の下に入らざるを得なくなり、ご飯を残したもったいなさの後味の悪さで、やり切れないままの出発となりました。

米原で乗り換え、車中で富山の鱒ずしを求めました。ふたと重石を兼ねた青竹をはずすと笹の葉に完全に包まれた鱒ずしの匂いが新鮮でした。一分のすき間もなく鱒でおおわれたすしに同道の妹は、「正直なおすしだこと、お腹すかして置いてよかった」と、一口食べて「なんてお米が良いのでしょう」……、駅弁とはこうありたいもの、旅のうれしさをとり戻した思いでした。

帰途は金沢駅で、大友楼の幕の内と、おにぎずしを持ち込みました。焼鳥、ばい貝、かまぼこ、玉子焼、たけのこ、空豆、どじょうの蒲焼、ふぐの糠漬、どれも御飯にふさわしい味付けで、奈良漬も甘味のないさっぱりした粕漬で、梅干も人工着色でないのが、うれしいことでした。お米の量が私たちには多過ぎたので少し残し、あとは全部を食べ切って、空の折箱を結ぶ気持はまことにすがすがしく、良い勉強をしました。

（四十六年五月）

ふるさとの駄菓子

仙台駄菓子の育ての親である、螢庵主石橋幸作さんは、日本の駄菓子の歴史と伝統を世に伝え残して置きたいものと思いつかれたのです。

発心してから三十余年このかた、目と手と足で全国を限なく尋ね歩き、それを自分の使命として造り続け、菓子型を彫り絵画に表わし、文字に書きつづられました。

その製作品のひとつひとつには詩があり、歌があり、夢があり、その色彩の面白さ、滋味あふれる味わいは、私どもを、しばしば童心に立ちかえらせて、浮世離れた境地にあそばせてもらえるほど平和そのものの、たのしいたのしいお菓子です。

朝早く仕事場に入る時は、かならず斎戒沐浴をして、真白の木綿の腹巻を巻き、洗い清めた仕事着に身を包み、仕事場に一礼して仕事に取りかかるのです、とおっしゃった。その厳粛な言葉には全く頭が下がりました。

真剣に物と取り組む心がまえのきびしさ、その信念の中から生まれ出るもの故にこそ、尋常

一様でない作品となって表われるのです
それはもう商品でなくて芸術品です。

仙台螢庵の静かなお住いでのお話は、同行した者一同ただただ深く感銘し、平和を愛する日本人の心に久しぶりに接した、とても幸せな一日でした。

石橋氏の御健在のうちに家庭で作れる駄菓子の御伝授を願えたらと……今秋、鎌倉までお運びいただき、皆様と吹きあめ妙技等見せていただこうと只今そのお話をしている最中です。

「あに楽しからずや」


（四十六年六月）

八月十五日

私ども年配の者にとって忘れられない八月十五日敗戦記念日がまた来ます。遠い昔の出来事のようでもあり、ついこの間の出来事でもあるようなその日が……。身の回りの男たち（主人、息子たち。娘婿はすでに戦死）全員がお国に召し出されて、女一人暮しになり、銃後にあってお国と共に生き死にの道を歩むよりほか道のなかった私は張りつめた糸がプツンと切れて、ただわけもなく泣けるばかりでした。日本人のだれもが、あの時の心を忘れなかったため今日の日本が生まれたと思います。きびしい終戦後の努力の礎の上に築かれたたまものと言ってよいでしょう。

戦時中の十年、戦後の十年、合わせて二十年の苦しい努力の明け暮れが今日の平和と経済成長をなしとげたので、そのたくましい勤勉さはまことにみごとです。

終戦直後、あのトウモロコシの配給パンの味気無さを嘆いて、息子どもが「お母さん！　牛乳入り紅茶にトーストとハムエッグだけでいいから、昔のような朝食が僕たちが生きている間に食べられるようになるかしら」「本当に……他にぜいたく言わないからせめてそれ位の事が出来るような時代になりたいものね」「どうしたらいいの」「さあね、ただなんでも一生懸命お国のため亡くなった方たちの事を思って、自分にあたえられた務めを倍も三倍も歯をくいしばってやるだけよ」

トウモロコシパンを手にしながら、せつなそうに真剣な顔つきをした息子どもの姿が忘れられません。それがどうでしょう。いつとはなしに「ホラ！　あの時紅茶とトースト何時になったらと言ったけれど、こんなに早くこうして食べられるようになったじゃあない！」それから急速に衣食の生活はもったいないまでに満ち足り過ぎる時代になりました。

衣食足って礼節を知るとか。ここいらで、日本人の心の在り方を、とっくり考えて見なければならない時にせまられているのではないかと案じる今日この頃です。

（四十六年八月）

土用ぼし

梅の実の季節になると、煮梅、梅酒、梅干などの問い合わせの電話が度々かかり、小茄子や露地物のきゅうりが出ると、これまた糠味噌の床の問い合わせがあります。本年は「初めて梅を漬けたい」とか、「糠味噌を作ってみたい」とか言う若いお人が多くてうれしゅうございました。受話器を通じての質問、応答、解ったようで解りにくい漬物の状態を、手に取るように、目に見えるように説明するのは、むずかしいけれど、楽しい一時です。二回三回と状態を案じて問い合わせて来る人は、念には念を入れている証拠。かめの中のありさまが見えるようで「そうですそうです、それでいいのです」と返事が出来る時は、うれしくて、まことにいい気持ですが、不安気な声のまま、一回こっきりの、なしのつぶてだとうまく出来ただろうかと心配になります。

「本の通りにしたのですが梅漬の表面にかびが生えましたがどうしてなのでしょう」生梅の時の状態、熟まし具合、あく抜き、漬物かめの洗い方まで根掘り葉掘り聞き出して行くと、肝心の塩を入れ忘れた事が原因だとわかり、電話口のあっちとこっちでポカンと開いた口がふさがらなかったり、面白い事に出合います。今朝もまた、アパートの台所が暑いので糠味噌の蓋を少しずらして風を入れてやりたいがどうでしょう、イチゴの空箱に氷を入れてのせ少しでも涼しくしてやりたいがいかがでしょう、と問い合わせがありました。この奥様は初めての糠味噌が大成功なのでわが子のように大切にしたいのでしょう。お子さんに過保護のお母さんかも知れません。住所や電話番号を出版社や雑誌社に問い合わせる手間暇を思うと、わかって下さるまで丁寧に説明をしなくてはと思います。一人でも二人でも家庭の食生活を大切になさるお人を知る事はまことにうれしい事です。

やっと土用らしい炎天下で皆さんの梅干は如何かと思いを走らせながら、三日三晩の土用ぼしの梅を一粒一粒並べている今日です。

（四十六年八月）

ボラハ

今年の夏は涼しい予報だったのにしっかり照らされてちょっとこたえました。お蔭で桃や西瓜がおいしくて、桃で一息西瓜で二息、気をまぎらわさせていただきました。涼風が立ち始めるとほんの短い間だけ顔を出す幸水（梨）の甘味に心をひかれて「梨の皮は乞食にむかせろ」とか講釈つきでたのしんでいます。

野菜が高いので芝生の隅を掘りおこして畑にしました。大阪で甘とうがらしの種を見つけ、播いたら好成績で、ピーマンと競って実をよく付けてくれます。

晩春、スペイン人から、ボラハという種をいただいたので播きました。みごとに芽が出揃ってムクムク育つ菜っぱで、間引きしたものも土もつけずに植替えてもすぐ根付いてムクムク大きくなる、珍しく繁殖力の強い菜っぱで驚きました。大きくなったら茎だけを馬鈴薯と煮るのです。

「私たち子供の時私の母さんよく食べさせました。これ食べると元気良くなる」と聞かされましたが、菜っぱの茎とじゃがいもではあまりぴったりしないのでふみ切れずにいました。

「こんなに大きくなってまだ食べないの。私、国の味なつかしいよ」と言われるので、片言交じりに言われる通り煮始めました。煮る途中、「塩も入れたよ、油も入れた、お母さんはニンニクも入れたよ」、皆で大笑いしながらどうやら煮上げました。

「これ国の味、お母さんの味、おいしいおいしい、久しぶりよ」と大喜び。菜っぱの茎とじゃがいもと、ニンニク、不思議な取り合わせですが、結構家庭的な味であきのこないのには感心しました。

「これ友達に食べさせたい、お母さんいただいていいですか」と鍋ごとさらえて行ってしまったので、また大笑いでした。

いろいろしらべて見たらこれが人間の食べるコンフリーだったのです。すると、四、五年前からスタミナ野菜として、得々としてから揚げにしたり、根分けをして差し上げたコンフリーは？　豚など家畜用のコンフリーだったとわかりました。

知らぬは仏、あなかしこ。


（四十六年九月）

足元を見て

米国のドル防衛対策による日本のドルショック、次に来るのは円の引き上げ、デノミネーション。政府、財界、企業体は景気の行先を定め兼ねて全能力を挙げて対処しています。こんな時私ども国民はどうしたらいいのでしょうか。慌て騒がず足元をよく見ようではありませんか。

二十六年前、一銭五厘の赤紙一枚で、大事な主人や息子たちを戦線に送らねばならなかった悲しさ、パキスタンの難民の見るに耐えない姿がテレビに写し出されるのを見る時、北鮮の国境を越え、満州広野から祖国へたどり着いた同胞、南の島で餓死をせねばならなかった兵隊さんたちと同じではありませんか。戦いに破れた苦しみを通して今日の繁栄を勝ち得たとしても、自らを驕ってはなんにもなりません。

元々わが国は資源の少ない国です。衣、食、住の大部分は輸入品でまかなわれ、国民の勤勉さの資源でここまで再建をなし得たのです。街にあふれている物資の量は目を見張るばかりで、消費の無駄が大手を振ってまかり通っています。ショウウィンドーに飾ってある衣類のほとんどは今年買って今年捨てなければならぬような物ばかりで、買手のため等考えず売手のためだけに在るようで胸が悪くなるような物ばかりです。資源不足の国民が、間接にこんな資源の無駄をしてもよいのでしょうか？

若者たちの稼ぎの日銭を無造作に使わせる事によって各企業が成り立っているかのようなありさまを見ると、地に足が着いていないむなしさで悲しいばかりです。河をよごし、山をよごし、空気までよごして世界一になったとて、心の公害を受けている事に気が付かず自分勝手のカサカサな心の持主になってはどうなるのでしょう。

人間とは、何故に万物の上に置かれて、それらを治めるために存在するかを、足を地に着けて、よくよく考えなければならぬ時のようです。

（四十六年十月）

年のちがい

古稀を過ぎられた陛下（昭和天皇）の、未だ一度も国外の土を踏まれぬ皇后様を御連れあそばし、五十年前訪問された国々への御旅行、私どもで申せば金婚式を間近にひかえた老夫婦が手をつないで思い出の地を旅をする。ここまでのゆとりが持てるようになったのを心から御喜び申し、道中御つつがなく、おたのしくと願っておりました。長雨続きのこの折、殊にご出発前日は暴風雨のようでした。けれど御出発の朝はやっぱり晴れました。

朝一番のあいさつは、お互いに、「よかったわね、やっぱり晴れましたね」。二十代の姪が、「それなあに、天皇様とお天気と何の関係があるの?」

「だって今日は天皇様がお立ちになる日じゃあないの、だからお天気になったのよ」「へえ! そんな事きまっているの」

「昔から天皇様が何かされる日はお天気にきまっていたのよ」「そんな事ちっとも知らなかった」「貴女のお家じゃあそんな話しないの」姪は理解に苦しむてな顔をしながら髪を上げていまし

た。いささか私はショックでした。それでさっそく字に書いて、この会話を読む事にしました。御覧の通りなんだか変です。

春夏秋冬季節に合わせて生活の予定を立てるのが、私ども今日までの生き方のようなものだったので、その日の「天気」が何より先でした。子供の頃、ぬかるみ道をお書物（風呂敷包）持って、傘さして、足駄をはいて学校へ行くのはいやでした。梅雨の頃など洗濯物がかわかないと母が文句を言うと「この雨があるからお百姓さんは苗の植え付けが出来るのですよ、雨が降っても学校に行けるのはありがたいのですよ。行きたくてもいけない子がたくさんいるし、働きたくとも、雨のために仕事が出来なくて、その日の御飯にも困る人が大勢いるのですよ」と、祖母からたしなめられたそうです。

天気によって生活を左右された昔と、そうでない今日と、物の考え方に差が生じるのでしょう。何時の間にか年をとりました。

（四十六年十月）

師走に

今年も、またこれといって何もしないままに暮れようとしている。なんと一ヵ年の早い事よ。振り返って見て、だらしのなさに我ながらいやになるばかりです。……そろそろ一生涯の総決算を目の前にひかえながら、こんな事でどうなるのでしょう。

諸行無常は世の常とは申せ、今年の後半期は身内、恩人、友人、知人が数多く亡くなられて、悲しい思いを度々しました。追善の香を捧げ、在りし日の面影を偲ぶ度々に、生と死の尊さを肝に銘じました。まことにまことに考えさせられる事の多かった日々でした。

明けて鶴ヶ岡八幡宮の初詣の人出は大そうな事でしょう。人波に埋まる境内、そして見上げる石段、交通整理が行き届いているので整然と列を組み、神殿前に進み拝礼をすませる事が出来ますが、これだけの人々が、どのような信仰を持ち、なんの目的を願ってお詣りに来るのでしょうか？　行く年来る年に感謝と希望を合わせてお詣りして力強さを感じ、と同時に、一歩間違ったらどんな事になるか、悲しい気もします。ドルショックと、公害問題をかかえた日本、来年はどんな年が待っているでしょうか。

食いしん坊なるが故に、食い気に引き続いて、作って食べさせたりし、よくもよくも長い間せっせと、独楽《こま》ねずみのようによく動きました。さすがの私も作る事にくたびれを感じ出しました。それと申すのも、お蔭様でもうそんなに食べたい物が無くなったせいでしょう。

好きなものでも、ほんの二箸三箸、二、三品に、いい御飯に、お香々に、いいお茶、おいしいパンに、紅茶かコーヒー、それに果物でもあればもうそれで充分の年代になりました。全くありがたい事だと身も心も軽い気持です。

これでどうやら人並みに落ちついて暮せるような……いえいえ暮しましょうと、羽毛のように軽い日々を送るために、今私の胸はふくらんでいます。


（四十六年十二月）

川奈ホテルで

行き当りばったりの電車で伊東に着き、海岸回りで一路川奈ホテルへ……。やっぱり来てよかった。天井の高いロビー、古風な調度品、芝生、松林の向こうの大島、初島の眺めもやっぱりいい。一番気が休まるのは音が流れていない事だ。

しかしこのホテルにも時代の流れがひしひしと感じられる。グリルに集まる人の大半は二十歳代の若い人たちである。旺盛な若い生活力が高度成長とどのような関係が有るかは解らないが、年配者たちは顔色無しである。若さの生気が溢れている故か食堂は大変騒々しい。そしてお行儀が悪い。男の子はスリッパで平然と廊下を歩くし、グリルまで来る。テーブルと椅子の間を遠く離して椅子に斜にかけて横向きにテーブルに向かう。フォークを持ったままソースをかけたり水を飲む。女の子が煙草をのむのはいいとして食事をしながら左手に煙草に火をつけたまま、右手で酒をのみ、フォークを動かす。飲む、食う、ふかす、の三芸をみごとにこなすありさまである。煙草を持った手はテーブルにひじを付けて立てたままである。西部劇の酒場の女にこれと同じ姿を見たようだ。「衣食足って礼節を知る」「衣食足って礼節を失う」日頃食事作りに心をこめる習慣の私は、食べる者の側に立って進退を計るので、食べる寸前からやたらに酒を飲まれたり、煙草をふかされると料理の味が変わってしまうので、せっかくの心入れがもみくちゃにされて、紙くずかごに投げ入れられるようなむなしさに胸がつぶれる思いがする。

川奈ホテルの料理の味は創立者、故大倉喜七郎氏が特別の心入れで、生前は毎日食堂の片隅に座され、スープの味を試みられた伝統のある味の佳い事で有名である。このような姿をシェフが見たらさぞがっかりするだろう。おいしいものは、食べる人と作る人の気持のふれ合いによって、いよいよ上等のものになってゆくのではないだろうか？

（四十七年三月）

今年のびわ

琴弾橋のたもとの友人宅への道すがら、垣根のきわに美しいびわの木を見た。茂木びわの種類らしい。そろそろ色づこうとするまろやかな実は鈴生りである。それにしても、なんとまあ手まめに古い葉をむしり取って、びわの実に万遍なく陽が当るように工夫してあるではないか！　びわにはこうした手入れが必要であったのか？

そのせいかその日は何となくびわの木が目についた。今年はびわの当り年か？　どの木も実が良く付いて、しかも、同じように葉をむしり取って手入れがゆきとどいているではないか！これは大変！　手入れがして無いのはわが家の木ばかりだ。小刻みに足が早くなり浄明寺の坂を登るのに息が切れた。早速モンペに着替える心意気だったのに不意の来客のために日が暮れてしまった。

その後三、四日雑用続きでびわの木の下までも行ってやれず気がかりのまま、鎌倉駅のホームに立たなければならなかった。

ついぞ今まで駅の構内で見かけた覚えもないびわの木が目の前にあるではないか！　浜銀（横浜銀行）の建物を背にした構内のトタン張りの小屋のそばに……。山びわではあるが、けなげにも枝もたわわに黄色い実を付けて……。「おや？　このびわもちゃんと葉の手入れがしてあるぞ！　しかも丸裸といっていい位に……」わが家のびわにますます相済まぬ思いでよくよく見ると何だか変だ。どの枝も葉の色が変わって、しかもよじれぎみで、落ちたくないぞと枝にしがみ付いているかのように見受けられる。

ゆきとどいた手入れとばかり思ったのは大流行の公害のせいではなかろうか？　車の往来のはげしい表通りのびわの木であってみればさもありなん……。

わが家のびわへの荷が少し軽くなって上り電車に乗った。

だがしかし、光化学スモッグが容赦なく鎌倉にまでしのび寄りせまり来るのだとしたら問題は大きい！

（四十七年八月）

老化現象か?

雑誌社からさまざまなお人がみえます。長年のおつき会いのお互いに勝手気ままを言い合える努力家で男勝りの女性が、明後日急に外地へ旅をするので、留守中の打ち合わせにと朝九時頃現われました。

「まあまあ早朝からご苦労さま、この時間に鎌倉にたどりつくなんて、顔を洗ってすぐとび出したのでしょう。お茶より固形物の方が欲しいのでしょう」「そうなの実はペコペコ」何はともあれ、サラダ、チーズ、トースト、紅茶、果物を揃え「半熟は何分がお好き?」「何分でも……」「それでは四分か五分にしましょう」

バターの取り方、チーズの切り方などのたどたどしさ……。出発を二日後に控えて片付けておきたい仕事で頭はいっぱいなのでしょう。女が仕事と家庭を両立させるのは容易ではない。さすがの彼女も今日はいささか転倒しているらしい。そのうち半熟玉子をエッグスタンドから取り上げ、いきなりお膳のふちでコンコンと強くたたきトーストの上にあけました。半熟ですから黄味と少しの白身が流れ出ただけです。殻は白身が残ったままお盆の上に捨てました。おかしいなあ、なぜスタンドの上で玉子の上をぽっこり取って塩をふって、半熟のおいしさを匙ですくって食べないのかしら？「久しぶりの朝のお食事おいしかった、ごちそうさま」「あなた朝御飯抜きの組？」「専業主婦じゃないから朝食の仕度する暇ないんですよ」

なる程、半熟は朝のもの、三分も四分もあったものではない。勿論エッグカップも匙も必要ないわけ、お盆のふちでコンコンもやっと解りました。

そのとたん、料理の記事を長年仕事としていられるのに、一体どこまで解ってもらえたのかと、料理は頭だけで作るものではないと考えている私はなぜか気にかかり、専業主婦であるひけ目すら感じました。これが老化現象でしょうか？

（四十七年十二月）

おふくろの味

去年十二月二十五日、ＮＨＫ「今日は奥さん」の番組で「どうしたらおふくろの味が伝え残されるでしょうか」、休憩室での裏話をちょっと……。

「バーのママさんが、きんぴらごぼうや、ひじきの煮付けを作っているそうですが、皆さんこれをどうお考えでしょうか？」

若い女房族のする事に対して「あっしには、かかわりの無い事でござんす。自分が天井にはいたつばは自分がかぶるより仕方ないとあきらめざるを得ないでしょう」「これはまたお手きびしい。皆さん、こんなに冷たくされていかがですか？」

「私は十歳の時から母がやかましくて、料理はおろかなんでもきびしく仕込まれました。嫁いで、母と離れて暮している今、私のする事は母のしていた事の上にあって、にんじん、里いもひとつをむいたり切ったりする度に母の手付きが目に浮かんで、お母さん！　ちゃんとやっていますよと声をかけていきます」

「私の姑はまことに物の良く出来る人でした。実家の母も同じように小まめで良く体の動く人でした。双方の良い所を一生懸命学んだつもりですが、いつの間にか実家の母の事の方が自然に身についたのか、殊に食物にはその傾向が強いようです。主人もそれで不足を申しません し、一生懸命家事にはげんでおります」

「私は母があまりなんでもよく出来て、私には何もさせませんでした。あっちに行って本でも読んでいなさい。そのまま大きくなって結婚して御飯も炊けない自分に驚き、それで主人に教えてもらいました。主人は自炊生活をしていたのでお漬物も味噌汁も上手に作りました」

人間万事案ずるより生むが易し。

「世の中は平和です。時の流れは偉大です。老ぼれ婆さんは交通事故にでもあわぬよう人の事より迷惑にならぬ人におなりなさい」「ハイ、よく解りました」

（四十八年一月）

一八四

豆腐の値上げ

昭和四十七年は、日本列島改造論で、なる程これは面白い世の中になりそうだ。今さら女子供の出る幕でも無し、ましてや恍惚に半分足をつっ込んだ婆さんなんかあっちこっちに迷惑をかけず、風邪など引かない工夫をして、如何な事に相成りましょうかと、期待と杞憂を仲良く五分五分にして新しい年を迎えました。

新年早々国鉄運賃値上げ案、年寄りは出ないに限ると首を縮めていても済みますが、働く人はそうも行きますまい。

運賃が上れば物価も上るぞ、ボヤボヤしてはいられない、えらい年になるかも……と思う間もなく大豆の高騰で豆腐の全国的値上げ、納豆、味噌、醤油、油、大豆に関連する物は総値上り。一度上ると、もう下らないのが物価、これは全く痛い！　雑穀（大豆、小麦、とうもろこし、そば、胡麻、その他）九割を輸入で賄いきれると考えたのはだれでしょう？　政策としてはまずい。何時か行きづまる時が来る。一体どうして切り抜けるであろうかといつも案じていた事がそろそろ起こりかけて来たような、お尻に火が付いた思いです。

単に豆腐や醤油の値上げに驚いたり、あわてたりする以前にもっともっと大きな問題がその裏にデンとひかえているのに気の付く方も多いでしょうに……。

ソ連の農作物の不作、米国の不作、そんな事も原因のひとつです。溢れるような物資、しかも欠陥物資に包まれて、お手軽に育ってしまった日本の人々は、物の値打も、国の値打も解らないまま、穀類の輸入などは「あっしには、かかわりの無いことでござんす!」目先きの運賃や豆腐の値上りに文句をつけても、しばらくたつとそれにも慣れて不感性になり、片方では賃金の値上げにそのしわよせを持ち込み、摺った揉んだのいたちごっこ。

一生の半分以上こんな事をとっくり見せていただきました。勇気ある日本のおのこたちよー、「頼む!」なんとかして頂戴。

（四十八年二月）

この年になってもあきもせず洗ったり切ったり煮たり、まだまだ死ぬまで勉強と年相応の知識欲をたくましくしている私には、食べ物につながる食器に無関心ではいられません。晴れ着をととのえに出かけて焼き物の展示会に行き会おうものなら、晴れ着はたちまち瀬戸物に早変わり、また荷物をふやしたと家人からのお小言に気を兼ねながら、木箱は積み重ねられて戸棚はめじろ押しのありさま。いざというときはいつも押し絵のあねさんで、十日の菊となるしだいです。とはいえ、行き当たりばったりに色が珍しいとか、形がおもしろいとかで買ったりはしません。晴れ着との代替りですもの、すこぶる慎重です。

●料理がよくうつる器を

まず季節を選ばず四季を通して使えるもの、何を盛ってものるもの——つまりよくうつるものを選ぶのです。小皿一組を選ぶにしても、お刺身の小皿にもなれば珍味入れ、菓子皿にも使えるものを。中皿ならばお造りはもちろん、酢の物、和え物、煮物、菓子皿、菓子皿にしても和菓子からプディングやゼリーを盛ることまで考えに入れます。焼き物皿となれば焼き魚、煮魚、焼き肉類はいうにおよばず、おすしの盛り皿にも利用し、洋風の料理ほとんど何を盛ってもうつるようなものを選びます。

志野、黄瀬戸、織部など筋の通っているものを洋風料理に使いつけると、趣があってなかなか好ましいもの。ふしぎなことに、名人といわれる人たちの作ったものは、何を盛ってもうつるどころか、料理はいちだんと手ぎわのよしあしがはっきりと現われるものです。

故人で北鎌倉に窯を持っておられた北大路魯山人の作られた器類は、料理の名人でもあっただけに絶賛せずにはいられません。結婚前から赤坂日枝神社の料亭に行くたびに、その力ある包丁と器に心引かれ、お弟子入りしたいと考えたこともたびたびでした。火土火土（魯山人の器を売っている）の店に立ち寄ったり、八勝館、福田屋での食事の楽しみも、器を鑑賞するのが目的のようなものです。馬子にも衣装というとおり、刺身を西洋皿に並べるより、菓子折の杉ぶたに笹の葉でも敷いて並べたほうがよほど気がきいています。

民芸の片口の皿や鉢などは重宝で、煮魚や野菜の煮物など日本料理には煮汁を盛り込むものが多いので、片口の口から煮汁を分ける便利さに、民族が生きてきた知恵を感じ取ることができます。衣食住に洋式の生活が取り入れられ、合理的な生活様式になったとはいえ、三度の食事を洋皿、ナイフ、フォークで食べている日本人はまだないでしょう。それよりも、志野皿を熱湯でよく暖め、ヒレ肉の網焼きのあつあつをのせてみてください。皿の暖かみは布目の肌ざわりをむっくり通し、志野ぐすり色と肉の栗茶色がぴったりです。小粒でぴっかり光ったぬく飯で、網焼きの肉にからしをつけお箸で食べるほうがどんなにおいしいことか。

●心引かれるお国焼き

日本じゅうたいていのところにお国焼きがあります。瀬戸物と称されて量産されているのは愛知県、京都、福岡県でしょう。特に愛知はその代表的なところです。志野、織部、黄瀬戸染付けの陶器はあまりにも有名ですが、市内にはこのほか外貨のかせぎ手ノリタケチャイナをはじめデザイン、絵付けにくふう改良をこらしている製陶会社がたくさんあります。京焼きの京都には、楽、永楽、乾山風、仁清風、金襴の手、染付けなど京ならではの味わい深いものが限りなく造られ、京の町は目をつむって歩かなければなりません。佐賀の唐津焼き、伊万里焼きはあまりに有名で、絵唐津の筒向うなどはまだ目の裏に焼きついています。山口の萩焼き、岡山の備前、奈良の赤膚焼き、丹波の立杭、金沢の九谷に大樋焼き、三重の万古焼き、関東では有名な益子焼きが民芸品の大御所と控えています。南部の相馬焼き、佐渡に渡って無明意焼き、どれもこれも心引かれ、手にしたいものばかりです。一枚の皿を買うにも、生れを聞き作り人の名を知ることは重要なことです。

●たいせつに器を楽しむ

お皿を買ったらたいせつにすること――つまりよく使ってよく手入れすることです。私は世帯を持って四十年以上になりますが、これといって器を割った覚えがありません。手荒な性の人がいて、一か月に半ダースずつ紅茶茶わんをみごとに割ったお手伝いさんがありました。いったい一生のうちどれだけの瀬戸物を割ることだろう、たいへんな損害を気なしにできるものと感心しました。そんなとき、私たちは割られても惜しくない食器を使うことにしていました。たいせつに使った食器は、二十年、三十年の年を経るとなんとなく味が出て、その時代の匂いを感じさせてくれますし、値打ちが出てくるものです。五十年以上もたてば、りっぱに時代がついたといえるようになります。

インスタントばやりで、ポリ袋入り、びん入り、罐詰食品の氾濫から原子力の時代になり、食べたいものがボタン一つ押せば目の前に出てくる日も案外早いことかもしれません。作る世話もなければあと片づけの世話もいらない、皿も茶わんも規格化され、年齢、性別によってカロリーが一定され、それを食べさえしていれば、元気で愉快で長生きできるのが夢でなくなるかもしれません。

そうなると、包丁、俎板、鍋、皿は〝世紀の人類の生存の歴史〟だなどということになって、博物館のケースに展示されることになるのでしょうか。そんなことになっては悲しく困ります。今の私には洗ったり切ったり煮たり、まるめたり、好きな器で食べたり飲んだりすることがまだまだ楽しいのですから。

（三十九年十二月）

ミモザ

辰巳浜子（たつみ・はまこ）

明治三十七年生れ。香蘭女学校卒業後、辰巳芳雄氏と結婚、一女二男を得る。その家庭料理が評判になり、各婦人誌、初期のＮＨＫテレビ「きょうの料理」などに登場し、料理研究家のさきがけとされる。その生涯は『まごころの人 辰巳浜子』（辰巳芳子編 文化出版局刊）に詳しい。昭和五十二年、七十三歳で逝去。

辰巳芳子（たつみ・よしこ）

大正十三年、芳雄・浜子夫妻の長女として生まれる。母の傍らで会得したものを更に越え、命を支えるスープの研究・指導、大豆を広め、確かな食材を伝える運動と幅広く活動し、発言している。著書多数。平成二十二年、ＮＨＫ放送文化賞受賞。

暮しの向付

発行　二〇一一年七月一〇日　第一刷

著者　辰巳浜子

編者　辰巳芳子

発行者　大沼　淳

発行所　学校法人　文化学園　文化出版局
〒一五一−八五二四　東京都渋谷区代々木三−二二−七
電話〇三−三二九九−二四九四（編集）
電話〇三−三二九九−二五四〇（営業）

印刷・製本所　株式会社文化カラー印刷

文化出版局のホームページ http://books.bunka.ac.jp/

アートディレクション　高岡一弥
デザイン　伊藤修一　松田香月　黒田真雪
画　望月麻里　写真　小林庸浩
編集　オフィスＤＯＩ
弘田美紀（文化出版局）